LE PETIT PRINCE

Antoine de Saint-Exupéry

TEXTE INTÉGRAL
avec des aquarelles de l'auteur

+dossier par
Guillaume Duez

Guillaume Duez est agrégé de lettres classiques.
Laura Yates a réalisé les infographies et les pictos.

À Léon Werth.

Je demande pardon aux enfants d'avoir dédié ce livre à une grande personne. J'ai une excuse sérieuse : cette grande personne est le meilleur ami que j'ai au monde. J'ai une autre excuse : cette grande personne peut tout comprendre, même les livres pour enfants. J'ai une troisième excuse : cette grande personne habite la France où elle a faim et froid. Elle a bien besoin d'être consolée. Si toutes ces excuses ne suffisent pas, je veux bien dédier ce livre à l'enfant qu'a été autrefois cette grande personne. Toutes les grandes personnes ont d'abord été des enfants. (Mais peu d'entre elles s'en souviennent.) Je corrige donc ma dédicace :

À Léon Werth
quand il était petit garçon.

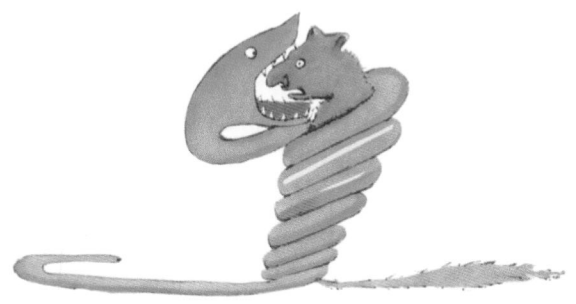

I

Lorsque j'avais six ans j'ai vu, une fois, une magnifique image, dans un livre sur la forêt vierge qui s'appelait *Histoires vécues*. Ça représentait un serpent boa qui avalait un fauve. Voilà la copie du dessin.

On disait dans le livre : «Les serpents boas avalent leur proie tout entière, sans la mâcher. Ensuite ils ne peuvent plus bouger et ils dorment pendant les six mois de leur digestion.» — 5

J'ai alors beaucoup réfléchi sur les aventures de la jungle et, à mon tour, j'ai réussi, avec un crayon de couleur, à tracer mon premier dessin. Mon dessin numéro 1. Il était comme ça : — 10

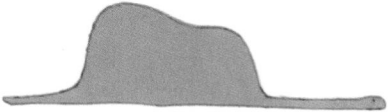

J'ai montré mon chef-d'œuvre aux grandes personnes et je leur ai demandé si mon dessin leur faisait peur.

Elles m'ont répondu : «Pourquoi un chapeau ferait-il peur?»

Mon dessin ne représentait pas un chapeau. Il représentait un 15 _ serpent boa qui digérait un éléphant. J'ai alors dessiné l'intérieur du serpent boa, afin que les grandes personnes puissent comprendre. Elles ont toujours besoin d'explications. Mon dessin numéro 2 était comme ça :

Les grandes personnes m'ont conseillé de laisser de côté les 20 _ dessins de serpents boas ouverts ou fermés, et de m'intéresser plutôt à la géographie, à l'histoire, au calcul et à la grammaire. C'est ainsi que j'ai abandonné, à l'âge de six ans, une magnifique carrière de peintre. J'avais été découragé par l'insuccès de mon dessin numéro 1 et de mon dessin numéro 2. Les grandes per- 25 _ sonnes ne comprennent jamais rien toutes seules, et c'est fatigant, pour les enfants, de toujours et toujours leur donner des explications…

J'ai donc dû choisir un autre métier et j'ai appris à piloter des avions. J'ai volé un peu partout dans le monde. Et la géographie, 30 _ c'est exact, m'a beaucoup servi. Je savais reconnaître, du premier coup d'œil, la Chine de l'Arizona. C'est très utile, si l'on s'est égaré pendant la nuit.

J'ai ainsi eu, au cours de ma vie, des tas de contacts avec des tas de gens sérieux. J'ai beaucoup vécu chez les grandes personnes. 35 _ Je les ai vues de très près. Ça n'a pas trop amélioré mon opinion.

Quand j'en rencontrais une qui me paraissait un peu lucide, je faisais l'expérience sur elle de mon dessin numéro 1 que j'ai toujours conservé. Je voulais savoir si elle était vraiment compréhensive. Mais toujours elle me répondait : «C'est un chapeau.» Alors je ne lui parlais ni de serpents boas, ni de forêts vierges, ni d'étoiles. Je me mettais à sa portée. Je lui parlais de bridge, de golf, de politique et de cravates. Et la grande personne était bien contente de connaître un homme aussi raisonnable…

II

J'ai ainsi vécu seul, sans personne avec qui parler véritablement, jusqu'à une panne dans le désert du Sahara, il y a six ans. Quelque chose s'était cassé dans mon moteur. Et comme je n'avais avec moi ni mécanicien, ni passagers, je me préparai à essayer de réussir, tout seul, une réparation difficile. C'était pour moi une question de vie ou de mort. J'avais à peine de l'eau à boire pour huit jours.

Le premier soir je me suis donc endormi sur le sable à mille milles de toute terre habitée. J'étais bien plus isolé qu'un naufragé sur un radeau au milieu de l'océan. Alors vous imaginez ma surprise, au lever du jour, quand une drôle de petite voix m'a réveillé. Elle disait : …

«S'il vous plaît… dessine-moi un mouton !

— Hein !

— Dessine-moi un mouton…»

J'ai sauté sur mes pieds comme si j'avais été frappé par la

60 _ foudre. J'ai bien frotté mes yeux. J'ai bien regardé. Et j'ai vu un petit bonhomme tout à fait extraordinaire qui me considérait gravement. Voilà le meilleur portrait que, plus tard, j'ai réussi à faire de lui. Mais mon dessin, bien sûr, est beaucoup moins ravissant que le modèle. Ce n'est pas ma faute. J'avais été découragé

65 _ dans ma carrière de peintre par les grandes personnes, à l'âge de six ans, et je n'avais rien appris à dessiner, sauf les boas fermés et les boas ouverts.

Je regardai donc cette apparition avec des yeux tout ronds d'étonnement. N'oubliez pas que je me trouvais à mille milles de

70 _ toute région habitée. Or mon petit bonhomme ne me semblait ni égaré, ni mort de fatigue, ni mort de faim, ni mort de soif, ni mort de peur. Il n'avait en rien l'apparence d'un enfant perdu au milieu du désert, à mille milles de toute région habitée. Quand je réussis enfin à parler, je lui dis :

75 _ «Mais… qu'est-ce que tu fais là?»

Et il me répéta alors, tout doucement, comme une chose très sérieuse :

«S'il vous plaît… dessine-moi un mouton…»

Quand le mystère est trop impressionnant, on n'ose pas

80 _ désobéir. Aussi absurde que cela me semblât à mille milles de tous les endroits habités et en danger de mort, je sortis de ma poche une feuille de papier et un stylographe. Mais je me rappelai alors que j'avais surtout étudié la géographie, l'histoire, le calcul et la grammaire et je dis au petit bonhomme (avec

85 _ un peu de mauvaise humeur) que je ne savais pas dessiner. Il me répondit :

«Ça ne fait rien. Dessine-moi un mouton.»

Comme je n'avais jamais dessiné un mouton je refis, pour lui,

Voilà le meilleur portrait que, plus tard, j'ai réussi à faire de lui.

l'un des deux seuls dessins dont j'étais capable. Celui du boa fermé. Et je fus stupéfait d'entendre le petit bonhomme me répondre :

«Non! Non! Je ne veux pas d'un éléphant dans un boa. Un boa c'est très dangereux, et un éléphant c'est très encombrant. Chez moi c'est

95 _ tout petit. J'ai besoin d'un mouton. Dessine-moi un mouton.»

Alors j'ai dessiné.

Il regarda attentivement, puis :

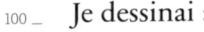

«Non! Celui-là est déjà très malade. Fais-en un autre.»

100 _ Je dessinai :

Mon ami sourit gentiment, avec indulgence :

«Tu vois bien… ce n'est pas un mouton, c'est un bélier. Il a des cornes…»

Je refis donc encore mon dessin :

105 _ Mais il fut refusé, comme les précédents :

«Celui-là est trop vieux. Je veux un mouton qui vive longtemps.»

Alors, faute de patience, comme j'avais hâte de commencer le démontage de mon

110 _ moteur, je griffonnai ce dessin-ci :

Et je lançai :

«Ça c'est la caisse. Le mouton que tu veux est dedans.»

Mais je fus bien surpris de voir s'illuminer le visage de mon

115 _ jeune juge :

«C'est tout à fait comme ça que je le voulais! Crois-tu qu'il faille beaucoup d'herbe à ce mouton?

— Pourquoi?

— Parce que chez moi c'est tout petit…

— Ça suffira sûrement. Je t'ai donné un tout petit mouton.» _ 120

Il pencha la tête vers le dessin :

«Pas si petit que ça… Tiens! Il s'est endormi…»

Et c'est ainsi que je fis la connaissance du petit prince.

III

Il me fallut longtemps pour comprendre d'où il venait. Le petit prince, qui me posait beaucoup de questions, ne semblait jamais entendre les miennes. Ce sont des mots prononcés par hasard qui, peu à peu, m'ont tout révélé. Ainsi, quand il aperçut pour la première fois mon avion (je ne dessinerai pas mon avion, c'est un dessin beaucoup trop compliqué pour moi) il me demanda :

«Qu'est-ce que c'est que cette chose-là?

— Ce n'est pas une chose. Ça vole. C'est un avion. C'est mon avion.»

Et j'étais fier de lui apprendre que je volais. Alors il s'écria :

«Comment! tu es tombé du ciel!

— Oui, fis-je modestement.

— Ah! ça c'est drôle!…»

Et le petit prince eut un très joli éclat de rire qui m'irrita beaucoup. Je désire que l'on prenne mes malheurs au sérieux. Puis il ajouta :

145 — «Alors, toi aussi tu viens du ciel ! De quelle planète es-tu ? »

J'entrevis aussitôt une lueur, dans le mystère de sa présence, et j'interrogeai brusquement :

«Tu viens donc d'une autre planète ? »

Mais il ne me répondit pas. Il hochait la tête doucement tout 150 — en regardant mon avion :

«C'est vrai que, là-dessus, tu ne peux pas venir de bien loin…»

Et il s'enfonça dans une rêverie qui dura longtemps. Puis, sortant mon mouton de sa poche, il se plongea dans la contemplation de son trésor.

155 — Vous imaginez combien j'avais pu être intrigué par cette demi-confidence sur «les autres planètes». Je m'efforçai donc d'en savoir plus long :

«D'où viens-tu, mon petit bonhomme ? Où est-ce "chez toi" ? Où veux-tu emporter mon mouton ? »

160 — Il me répondit après un silence méditatif :

«Ce qui est bien, avec la caisse que tu m'as donnée, c'est que, la nuit, ça lui servira de maison.

— Bien sûr. Et si tu es gentil, je te donnerai aussi une corde pour l'attacher pendant le jour. Et un piquet.»

165 — La proposition parut choquer le petit prince :

«L'attacher ? Quelle drôle d'idée !

— Mais si tu ne l'attaches pas, il ira n'importe où, et il se perdra.»

Et mon ami eut un nouvel éclat de rire :

«Mais où veux-tu qu'il aille !

Le petit prince sur l'astéroïde B 612.

— N'importe où. Droit devant lui…»
Alors le petit prince remarqua gravement :
«Ça ne fait rien, c'est tellement petit, chez moi!»
Et, avec un peu de mélancolie, peut-être, il ajouta :
«Droit devant soi on ne peut pas aller bien loin…»

IV

J'avais ainsi appris une seconde chose très importante : c'est que sa planète d'origine était à peine plus grande qu'une maison !

Ça ne pouvait pas m'étonner beaucoup. Je savais bien qu'en dehors des grosses planètes comme la Terre, Jupiter, Mars, Vénus, auxquelles on a donné des noms, il y en a des centaines d'autres qui sont quelquefois si petites qu'on a beaucoup de mal à les apercevoir au télescope. Quand un astronome découvre l'une d'elles, il lui donne pour nom un numéro. Il l'appelle par exemple : «l'astéroïde 325».

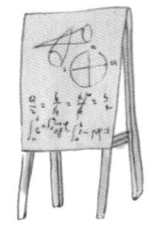

J'ai de sérieuses raisons de croire que la planète _ 195 d'où venait le petit prince est l'astéroïde B 612. Cet astéroïde n'a été aperçu qu'une fois au télescope, en 1909, par un astronome _ 200 turc.

Il avait fait alors une grande démonstration de sa découverte à un congrès international d'astronomie. Mais personne ne l'avait cru à cause de son costume. Les grandes personnes sont comme ça. _ 205

Heureusement pour la réputation de l'astéroïde B 612, un dictateur turc imposa à son peuple, sous peine de mort, de s'habiller à l'européenne. L'astronome refit sa démonstration en 1920, dans un habit très élégant. Et cette fois-ci tout le monde fut de son avis. _ 210

Si je vous ai raconté ces détails sur l'astéroïde B 612 et si je vous ai confié son numéro, c'est à cause des grandes personnes. Les grandes personnes aiment les chiffres. Quand vous leur parlez d'un nouvel ami, elles ne vous questionnent jamais sur l'essentiel. Elles ne vous _ 215 disent jamais : « Quel est le son de sa voix ? Quels sont les jeux qu'il préfère ? Est-ce qu'il collectionne les papillons ? » Elles vous demandent : « Quel âge _ 220 a-t-il ? Combien a-t-il de

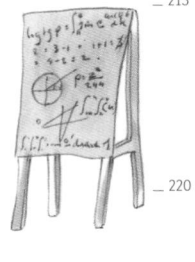

frères? Combien pèse-t-il? Combien gagne son père?» Alors seulement elles croient le connaître. Si vous dites aux grandes
225 _ personnes : «J'ai vu une belle maison en briques roses, avec des géraniums aux fenêtres et des colombes sur le toit…», elles ne parviennent pas à s'imaginer cette maison. Il faut leur dire : «J'ai vu une maison de cent mille francs.» Alors elles s'écrient : «Comme c'est joli!»

230 _ Ainsi, si vous leur dites, «La preuve que le petit prince a existé c'est qu'il était ravissant, qu'il riait, et qu'il voulait un mouton. Quand on veut un mouton, c'est la preuve qu'on existe», elles hausseront les épaules et vous traiteront d'enfant! Mais si vous leur dites : «La planète d'où il venait est l'astéroïde B 612»,
235 _ alors elles seront convaincues, et elles vous laisseront tranquille avec leurs questions. Elles sont comme ça. Il ne faut pas leur en vouloir. Les enfants doivent être très indulgents envers les grandes personnes.

Mais, bien sûr, nous qui comprenons la vie, nous nous
240 _ moquons bien des numéros! J'aurais aimé commencer cette histoire à la façon des contes de fées. J'aurais aimé dire :

«Il était une fois un petit prince qui habitait une planète à peine plus grande que lui, et qui avait besoin d'un ami…» Pour ceux qui comprennent la vie, ça aurait eu l'air beaucoup
245 _ plus vrai.

Car je n'aime pas qu'on lise mon livre à la légère. J'éprouve tant de chagrin à raconter ces souvenirs. Il y a six ans déjà que mon ami s'en est allé avec son mouton. Si j'essaie ici de le décrire, c'est afin de ne pas l'oublier. C'est triste d'oublier
250 _ un ami. Tout le monde n'a pas eu un ami. Et je puis devenir comme les grandes personnes qui ne s'intéressent plus qu'aux

chiffres. C'est donc pour ça encore que j'ai acheté une boîte de couleurs et des crayons. C'est dur de se remettre au dessin, à mon âge, quand on n'a jamais fait d'autres tentatives que celle d'un boa fermé et celle d'un boa ouvert, à l'âge de six ans ! _ 255 J'essaierai, bien sûr, de faire des portraits le plus ressemblants possible. Mais je ne suis pas tout à fait certain de réussir. Un dessin va, et l'autre ne ressemble plus. Je me trompe un peu aussi sur la taille. Ici le petit prince est trop grand. Là il est trop petit. J'hésite aussi sur la couleur de son costume. Alors je tâtonne _ 260 comme ci et comme ça, tant bien que mal. Je me tromperai enfin sur certains détails plus importants. Mais ça, il faudra me le pardonner. Mon ami ne donnait jamais d'explications. Il me croyait peut-être semblable à lui. Mais moi, malheureusement, je ne sais pas voir les moutons à travers les caisses. Je suis peut- _ 265 être un peu comme les grandes personnes. J'ai dû vieillir.

V

Chaque jour j'apprenais quelque chose sur la planète, sur le départ, sur le voyage. Ça venait tout doucement, au hasard des réflexions. C'est ainsi que, le troisième jour, je connus le drame des baobabs. _ 270

Cette fois-ci encore ce fut grâce au mouton, car brusquement le petit prince m'interrogea, comme pris d'un doute grave :

« C'est bien vrai, n'est-ce pas, que les moutons mangent les arbustes ? _ 275

— Oui. C'est vrai.

— Ah! Je suis content!»

Je ne compris pas pourquoi il était si important que les moutons mangeassent les arbustes. Mais le petit prince ajouta :

280 — «Par conséquent ils mangent aussi les baobabs?»

Je fis remarquer au petit prince que les baobabs ne sont pas des arbustes, mais des arbres grands comme des églises et que, si même il emportait avec lui tout un troupeau d'éléphants, ce troupeau ne viendrait pas à bout d'un seul baobab.

285 — L'idée du troupeau d'éléphants fit rire le petit prince :

«Il faudrait les mettre les uns sur les autres…»

Mais il remarqua avec sagesse :

«Les baobabs, avant de grandir, ça commence par être petit.

— C'est exact! Mais pourquoi veux-tu que tes moutons
290 — mangent les petits baobabs?»

Il me répondit : «Ben! Voyons!», comme s'il s'agissait là d'une

évidence. Et il me fallut un grand effort d'intelligence pour comprendre à moi seul ce problème.

Et en effet, sur la planète du petit prince, il y avait, comme sur toutes les planètes, de bonnes herbes et de mauvaises herbes. Par conséquent de bonnes graines de bonnes herbes et de mauvaises graines de mauvaises herbes. Mais les

graines sont invisibles. Elles dorment dans le secret de la terre _ 305
jusqu'à ce qu'il prenne fantaisie à l'une d'elles de se réveiller.
Alors elle s'étire, et pousse d'abord timidement vers le soleil une
ravissante petite brindille inoffensive. S'il s'agit d'une brindille
de radis ou de rosier, on peut la laisser pousser comme elle veut.
Mais s'il s'agit d'une mauvaise plante, il faut arracher la plante _ 310
aussitôt, dès qu'on a su la reconnaître. Or il y avait des graines
terribles sur la planète du petit prince… c'étaient les graines de
baobabs. Le sol de la planète en était infesté. Or un baobab, si
l'on s'y prend trop tard, on ne peut jamais plus s'en débarrasser.
Il encombre toute la planète. Il la perfore de ses racines. Et si la _ 315
planète est trop petite, et si les baobabs sont trop nombreux, ils
la font éclater.

«C'est une question de discipline, me disait plus tard le petit prince. Quand on a terminé sa toilette du matin, il faut faire
320 _ soigneusement la toilette de la planète. Il faut s'astreindre régulièrement à arracher les baobabs dès qu'on les distingue d'avec les rosiers auxquels ils ressemblent beaucoup quand ils sont très jeunes. C'est un travail très ennuyeux, mais très facile.»

Et un jour il me conseilla de m'appliquer à réussir un beau
325 _ dessin, pour bien faire entrer ça dans la tête des enfants de chez moi. «S'ils voyagent un jour, me disait-il, ça pourra leur servir. Il est quelquefois sans inconvénient de remettre à plus tard son travail. Mais, s'il s'agit des baobabs, c'est toujours une catastrophe. J'ai connu une planète, habitée par un paresseux. Il avait négligé
330 _ trois arbustes…»

Et, sur les indications du petit prince, j'ai dessiné cette planète-là. Je n'aime guère prendre le ton d'un moraliste. Mais le danger des baobabs est si peu connu, et les risques courus par celui qui s'égarerait dans un astéroïde sont si considérables, que,
335 _ pour une fois, je fais exception à ma réserve. Je dis : «Enfants! Faites attention aux baobabs!» C'est pour avertir mes amis d'un danger qu'ils frôlaient depuis longtemps, comme moi-même, sans le connaître, que j'ai tant travaillé ce dessin-là. La leçon que je donnais en valait la peine. Vous vous demanderez peut-être :
340 _ Pourquoi n'y a-t-il pas, dans ce livre, d'autres dessins aussi grandioses que le dessin des baobabs? La réponse est bien simple : J'ai essayé mais je n'ai pas pu réussir. Quand j'ai dessiné les baobabs j'ai été animé par le sentiment de l'urgence.

Les baobabs.

VI

Ah! petit prince, j'ai compris, peu à peu, ainsi, ta petite vie mélancolique. Tu n'avais eu longtemps pour distraction que la douceur des couchers de soleil. J'ai appris ce détail nouveau, le quatrième jour au matin, quand tu m'as dit :

« J'aime bien les couchers de soleil. Allons voir un coucher de soleil…

— Mais il faut attendre…

— Attendre quoi ?

— Attendre que le soleil se couche. »

Tu as eu l'air très surpris d'abord, et puis tu as ri de toi-même. Et tu m'as dit :

« Je me crois toujours chez moi ! »

En effet. Quand il est midi aux États-Unis, le soleil, tout le monde le sait, se couche sur la France. Il suffirait de pouvoir aller en France en une minute pour assister au coucher du soleil. Malheureusement la France est bien trop éloignée. Mais, sur ta si petite planète, il te suffisait de tirer ta chaise de quelques pas. Et _ 360 tu regardais le crépuscule chaque fois que tu le désirais…

« Un jour, j'ai vu le soleil se coucher quarante-quatre fois ! »

Et un peu plus tard tu ajoutais :

« Tu sais… quand on est tellement triste on aime les couchers de soleil… _ 365

— Le jour des quarante-quatre fois, tu étais donc tellement triste ? »

Mais le petit prince ne répondit pas.

VII

Le cinquième jour, toujours grâce au mouton, ce secret de la vie du petit prince me fut révélé. Il me demanda avec brusque- _ 370 rie, sans préambule, comme le fruit d'un problème longtemps médité en silence :

« Un mouton, s'il mange les arbustes, il mange aussi les fleurs ?

— Un mouton mange tout ce qu'il rencontre.

— Même les fleurs qui ont des épines ? _ 375

— Oui. Même les fleurs qui ont des épines.

— Alors les épines, à quoi servent-elles ? »

Je ne le savais pas. J'étais alors très occupé à essayer de dévisser un boulon trop serré de mon moteur. J'étais très soucieux car ma

380 — panne commençait de m'apparaître comme très grave, et l'eau à boire qui s'épuisait me faisait craindre le pire.

«Les épines, à quoi servent-elles?»

Le petit prince ne renonçait jamais à une question, une fois qu'il l'avait posée. J'étais irrité par mon boulon et je répondis 385 — n'importe quoi :

«Les épines, ça ne sert à rien, c'est de la pure méchanceté de la part des fleurs!

— Oh!»

Mais après un silence il me lança, avec une sorte de rancune : 390 — «Je ne te crois pas! Les fleurs sont faibles. Elles sont naïves. Elles se rassurent comme elles peuvent. Elles se croient terribles avec leurs épines…»

Je ne répondis rien. À cet instant-là je me disais : «Si ce boulon résiste encore, je le ferai sauter d'un coup de marteau.» Le petit 395 — prince dérangea de nouveau mes réflexions :

«Et tu crois, toi, que les fleurs…

— Mais non! Mais non! Je ne crois rien! J'ai répondu n'importe quoi. Je m'occupe, moi, de choses sérieuses!»

Il me regarda stupéfait.

400 — «De choses sérieuses!»

Il me voyait, mon marteau à la main, et les doigts noirs de cambouis, penché sur un objet qui lui semblait très laid.

«Tu parles comme les grandes personnes!»

Ça me fit un peu honte. Mais, impitoyable, il ajouta :

405 — «Tu confonds tout… tu mélanges tout!»

Il était vraiment très irrité. Il secouait au vent des cheveux tout dorés :

«Je connais une planète où il y a un monsieur cramoisi. Il

n'a jamais respiré une fleur. Il n'a jamais regardé une étoile. Il n'a jamais aimé personne. Il n'a jamais rien fait d'autre que des _ 410 additions. Et toute la journée il répète comme toi : "Je suis un homme sérieux ! Je suis un homme sérieux !", et ça le fait gonfler d'orgueil. Mais ce n'est pas un homme, c'est un champignon !

— Un quoi ?

— Un champignon ! »

Le petit prince était mainte-nant tout pâle de colère.

_ 415

« Il y a des millions d'années que les fleurs fabriquent des épines. Il y a des millions d'an-nées que les moutons mangent quand même les fleurs. Et ce n'est pas sérieux de chercher à comprendre pourquoi elles se donnent tant de mal pour se fabriquer des épines qui ne servent jamais à rien ? Ce n'est pas important la guerre des moutons et des fleurs ? Ce n'est pas plus sérieux et plus important que les additions d'un gros monsieur rouge ? Et si je connais, moi, une fleur unique au monde, qui n'existe nulle part, sauf dans ma pla-nète, et qu'un petit mouton peut anéantir d'un seul coup,

comme ça, un matin, sans se rendre compte de ce qu'il fait, ce n'est pas important ça !»

440 _ Il rougit, puis reprit :

«Si quelqu'un aime une fleur qui n'existe qu'à un exemplaire dans les millions et les millions d'étoiles, ça suffit pour qu'il soit heureux quand il les regarde. Il se dit : "Ma fleur est là quelque part…" Mais, si le mouton mange la fleur, c'est pour lui comme

445 _ si, brusquement, toutes les étoiles s'éteignaient ! Et ce n'est pas important ça !»

Il ne put rien dire de plus. Il éclata brusquement en sanglots. La nuit était tombée. J'avais lâché mes outils. Je me moquais bien de mon marteau, de mon boulon, de la soif et de la mort.

450 _ Il y avait, sur une étoile, une planète, la mienne, la Terre, un petit prince à consoler ! Je le pris dans les bras. Je le berçai. Je lui disais : «La fleur que tu aimes n'est pas en danger… Je lui dessinerai une muselière, à ton mouton… Je te dessinerai une armure pour ta fleur… Je…» Je ne savais pas trop quoi dire. Je

455 _ me sentais très maladroit. Je ne savais comment l'atteindre, où le rejoindre… C'est tellement mystérieux, le pays des larmes !

VIII

J'appris bien vite à mieux connaître cette fleur. Il y avait toujours eu, sur la planète du petit prince, des fleurs très simples, ornées d'un seul rang de pétales, et qui ne tenaient point de

460 _ place, et qui ne dérangeaient personne. Elles apparaissaient un matin dans l'herbe, et puis elles s'éteignaient le soir. Mais

celle-là avait germé un jour, d'une graine apportée d'on ne sait où, et le petit prince avait surveillé de très près cette brindille qui ne ressemblait pas aux autres brindilles. Ça pouvait être un nouveau genre de baobab. Mais l'arbuste cessa vite de croître, _ 465 et commença de préparer une fleur. Le petit prince, qui assistait à l'installation d'un bouton énorme, sentait bien qu'il en sortirait une apparition miraculeuse, mais la fleur n'en finissait pas de se préparer à être belle, à l'abri de sa chambre verte. Elle choisissait avec soin ses couleurs. Elle s'habillait lentement, _ 470 elle ajustait un à un ses pétales. Elle ne voulait pas sortir toute fripée comme les coquelicots. Elle ne voulait apparaître que dans le plein rayonnement de sa beauté. Eh ! oui. Elle était très coquette ! Sa toilette mystérieuse avait donc duré des jours et des jours. Et puis voici qu'un matin, justement à l'heure du _ 475 lever du soleil, elle s'était montrée.

Et elle, qui avait travaillé avec tant de précision, dit en bâillant :

« Ah ! je me réveille à peine… Je vous demande pardon… Je suis encore toute décoiffée… »
_ 480

Le petit prince, alors, ne put contenir son admiration :

« Que vous êtes belle !

— N'est-ce pas, répondit doucement la fleur. Et je suis née en même temps que le soleil… »

Le petit prince devina bien qu'elle n'était pas trop modeste, mais elle était si émouvante !

« C'est l'heure, je crois, du petit déjeuner, avait-elle bientôt ajouté, auriez-vous la bonté de penser à moi…»

495 — Et le petit prince, tout confus, ayant été chercher un arrosoir d'eau fraîche, avait servi la fleur.

Ainsi l'avait-elle bien vite tourmenté par sa vanité un peu ombrageuse. Un jour, par exemple, 500 — parlant de ses quatre épines, elle avait dit au petit prince :

« Ils peuvent venir, les tigres, avec leurs griffes !

— Il n'y a pas de tigres sur ma planète, avait objecté le petit prince, et puis les tigres ne mangent pas d'herbe.

— Je ne suis pas une herbe, avait doucement répondu la 505 — fleur.

— Pardonnez-moi…

— Je ne crains rien des tigres, mais j'ai horreur des courants d'air. Vous n'auriez pas un paravent ?»

« Horreur des courants d'air… ce n'est pas de chance, pour 510 — une plante, avait remarqué le petit prince. Cette fleur est bien compliquée…»

« Le soir vous me mettrez sous globe. Il fait très froid chez vous. C'est mal installé. Là d'où je viens…»

Mais elle s'était interrompue. Elle était venue sous forme de graine. Elle n'avait rien pu

connaître des autres mondes. Humiliée de s'être laissé surprendre à préparer un — 520 mensonge aussi naïf, elle avait toussé deux ou trois fois, pour mettre le petit prince dans son tort :

«Ce paravent?…

— J'allais le chercher mais vous me — 525 parliez!»

Alors elle avait forcé sa toux pour lui infliger quand même des remords.

Ainsi le petit prince, malgré la bonne volonté de son amour, avait vite douté d'elle. Il avait pris au sérieux des mots sans — 530 importance, et était devenu très malheureux.

«J'aurais dû ne pas l'écouter, me confia-t-il un jour, il ne faut jamais écouter les fleurs. Il faut les regarder et les respirer. La mienne embaumait ma planète, mais je ne savais pas m'en réjouir. Cette histoire de griffes, qui m'avait tellement agacé, — 535 eût dû m'attendrir…»

Il me confia encore :

«Je n'ai alors rien su comprendre! J'aurais dû la juger sur les actes et non sur les mots. Elle m'embaumait et m'éclairait. Je n'aurais jamais dû m'enfuir! J'aurais dû deviner sa tendresse derrière ses pauvres ruses. Les fleurs sont si contradictoires! Mais j'étais trop jeune pour savoir l'aimer.»

IX

Je crois qu'il profita, pour son évasion, d'une migration d'oiseaux sauvages. Au matin du départ il mit sa planète bien en ordre. Il ramona soigneusement ses volcans en activité. Il possédait deux
550 _ volcans en activité. Et c'était bien commode pour faire chauffer le petit déjeuner du matin. Il possédait aussi un volcan éteint. Mais, comme il disait : «On ne sait jamais!» Il ramona donc également le volcan éteint. S'ils sont bien ramonés, les volcans brûlent douce-ment et régulièrement, sans éruptions. Les éruptions volcaniques
555 _ sont comme des feux de cheminée. Évidemment sur notre terre nous sommes beaucoup trop petits pour ramoner nos volcans. C'est pourquoi ils nous causent des tas d'ennuis.

Le petit prince arracha aussi, avec un peu de mélancolie, les der-nières pousses de baobabs. Il croyait ne jamais devoir revenir. Mais
560 _ tous ces travaux familiers lui parurent, ce matin-là, extrêmement doux. Et, quand il arrosa une dernière fois la fleur, et se prépara à la mettre à l'abri sous son globe, il se découvrit l'envie de pleurer.

«Adieu», dit-il à la fleur.

Mais elle ne lui répondit pas.

565 _ «Adieu», répéta-t-il.

La fleur toussa. Mais ce n'était pas à cause de son rhume.

«J'ai été sotte, lui dit-elle enfin. Je te demande pardon. Tâche d'être heureux.»

Il fut surpris par l'absence de reproches. Il restait là tout décon-
570 _ certé, le globe en l'air. Il ne comprenait pas cette douceur calme.

Il ramona soigneusement ses volcans en activité.

«Mais oui, je t'aime, lui dit la fleur. Tu n'en as rien su, par ma faute. Cela n'a aucune importance. Mais tu as été aussi sot que moi. Tâche d'être heureux… Laisse ce globe tranquille. Je n'en veux plus.

575 — Mais le vent…

— Je ne suis pas si enrhumée que ça… L'air frais de la nuit me fera du bien. Je suis une fleur.

— Mais les bêtes…

— Il faut bien que je supporte deux ou trois chenilles si je 580 veux connaître les papillons. Il paraît que c'est tellement beau. Sinon qui me rendra visite? Tu seras loin, toi. Quant aux grosses bêtes, je ne crains rien. J'ai mes griffes.»

Et elle montrait naïvement ses quatre épines. Puis elle ajouta:

«Ne traîne pas comme ça, c'est agaçant. Tu as décidé de partir. 585 Va-t'en.»

Car elle ne voulait pas qu'il la vît pleurer. C'était une fleur tellement orgueilleuse…

X

Il se trouvait dans la région des astéroïdes 325, 326, 327, 328, 329 et 330. Il commença donc par les visiter pour y chercher une 590 occupation et pour s'instruire.

Le premier était habité par un roi. Le roi siégeait, habillé de pourpre et d'hermine, sur un trône très simple et cependant majestueux.

«Ah! Voilà un sujet!» s'écria le roi quand il aperçut le petit prince. Et le petit prince se demanda : _ 595

«Comment peut-il me reconnaître puisqu'il ne m'a encore jamais vu!»

Il ne savait pas que, pour les rois, le monde est très simplifié. Tous les hommes sont des sujets.

«Approche-toi que je te voie mieux», lui dit le roi qui était _ 600 tout fier d'être enfin roi pour quelqu'un.

Le petit prince chercha des yeux où s'asseoir, mais la planète était tout encombrée par le magnifique manteau d'hermine. Il resta donc debout, et, comme il était fatigué, il bâilla.

«Il est contraire à l'étiquette de bâiller en présence d'un roi, _ 605 lui dit le monarque. Je te l'interdis.

— Je ne peux pas m'en empêcher, répondit le petit prince tout confus. J'ai fait un long voyage et je n'ai pas dormi…

— Alors, lui dit le roi, je t'ordonne de bâiller. Je n'ai vu personne bâiller depuis des années. Les bâillements sont pour moi _ 610 des curiosités. Allons! bâille encore. C'est un ordre.

— Ça m'intimide… je ne peux plus…, fit le petit prince tout rougissant.

— Hum! Hum! répondit le roi. Alors je… je t'ordonne tantôt de bâiller et tantôt de…» _ 615

Il bredouillait un peu et paraissait vexé.

Car le roi tenait essentiellement à ce que son autorité fût respectée. Il ne tolérait pas la désobéissance. C'était un monarque absolu. Mais, comme il était très bon, il donnait des ordres raisonnables. _ 620

«Si j'ordonnais, disait-il couramment, si j'ordonnais à un

général de se changer en oiseau de mer, et si le général n'obéissait pas, ce ne serait pas la faute du général. Ce serait ma faute.»

«Puis-je m'asseoir? s'enquit timidement le petit prince.

— Je t'ordonne de t'asseoir», lui répondit le roi, qui ramena _ 625
majestueusement un pan de son manteau d'hermine.

Mais le petit prince s'étonnait. La planète était minuscule. Sur quoi le roi pouvait-il bien régner?

«Sire, lui dit-il… je vous demande pardon de vous interroger…

— Je t'ordonne de m'interroger, se hâta de dire le roi. _ 630

— Sire… sur quoi régnez-vous?

— Sur tout, répondit le roi, avec une grande simplicité.

— Sur tout?»

Le roi d'un geste discret désigna sa planète, les autres planètes et les étoiles. _ 635

«Sur tout ça? dit le petit prince.

— Sur tout ça…», répondit le roi.

Car non seulement c'était un monarque absolu mais c'était un monarque universel.

«Et les étoiles vous obéissent? _ 640

— Bien sûr, lui dit le roi. Elles obéissent aussitôt. Je ne tolère pas l'indiscipline.»

Un tel pouvoir émerveilla le petit prince. S'il l'avait détenu lui-même, il aurait pu assister, non pas à quarante-quatre, mais à soixante-douze, ou même à cent, ou même à deux cents cou- _ 645 chers de soleil dans la même journée, sans avoir jamais à tirer sa chaise! Et comme il se sentait un peu triste à cause du souvenir de sa petite planète abandonnée, il s'enhardit à solliciter une grâce du roi:

«Je voudrais voir un coucher de soleil… Faites-moi plaisir… _ 650 Ordonnez au soleil de se coucher…

— Si j'ordonnais à un général de voler d'une fleur à l'autre à la façon d'un papillon, ou d'écrire une tragédie, ou de se changer

en oiseau de mer, et si le général n'exécutait pas l'ordre reçu, qui,
655 _ de lui ou de moi, serait dans son tort?

— Ce serait vous, dit fermement le petit prince.

— Exact. Il faut exiger de chacun ce que chacun peut donner, reprit le roi. L'autorité repose d'abord sur la raison. Si tu
ordonnes à ton peuple d'aller se jeter à la mer, il fera la révolu-
660 _ tion. J'ai le droit d'exiger l'obéissance parce que mes ordres sont
raisonnables.

— Alors mon coucher de soleil? rappela le petit prince qui
jamais n'oubliait une question une fois qu'il l'avait posée.

— Ton coucher de soleil, tu l'auras. Je l'exigerai. Mais j'at-
665 _ tendrai, dans ma science du gouvernement, que les conditions
soient favorables.

— Quand ça sera-t-il? s'informa le petit prince.

— Hem! hem! lui répondit le roi, qui consulta d'abord un
gros calendrier, hem! hem! ce sera, vers… vers… ce sera ce soir
670 _ vers sept heures quarante! Et tu verras comme je suis bien obéi.»

Le petit prince bâilla. Il regrettait son coucher de soleil man-
qué. Et puis il s'ennuyait déjà un peu :

«Je n'ai plus rien à faire ici, dit-il au roi. Je vais repartir!

— Ne pars pas, répondit le roi qui était si fier d'avoir un sujet.
675 _ Ne pars pas, je te fais ministre!

— Ministre de quoi?

— De… de la Justice!

— Mais il n'y a personne à juger!

— On ne sait pas, lui dit le roi. Je n'ai pas fait encore le tour
680 _ de mon royaume. Je suis très vieux, je n'ai pas de place pour un
carrosse, et ça me fatigue de marcher.

— Oh! Mais j'ai déjà vu, dit le petit prince qui se pencha pour jeter encore un coup d'œil sur l'autre côté de la planète. Il n'y a personne là-bas non plus…

— Tu te jugeras donc toi-même, lui répondit le roi. C'est le _ 685 plus difficile. Il est bien plus difficile de se juger soi-même que de juger autrui. Si tu réussis à bien te juger, c'est que tu es un véritable sage.

— Moi, dit le petit prince, je puis me juger moi-même n'importe où. Je n'ai pas besoin d'habiter ici. _ 690

— Hem ! hem ! dit le roi, je crois bien que sur ma planète il y a quelque part un vieux rat. Je l'entends la nuit. Tu pourras juger ce vieux rat. Tu le condamneras à mort de temps en temps. Ainsi, sa vie dépendra de ta justice. Mais tu le gracieras chaque fois pour l'économiser. Il n'y en a qu'un. _ 695

— Moi, répondit le petit prince, je n'aime pas condamner à mort, et je crois bien que je m'en vais.

— Non », dit le roi.

Mais le petit prince, ayant achevé ses préparatifs, ne voulut point peiner le vieux monarque : _ 700

« Si Votre Majesté désirait être obéie ponctuellement, Elle pourrait me donner un ordre raisonnable. Elle pourrait m'ordonner, par exemple, de partir avant une minute. Il me semble que les conditions sont favorables… »

Le roi n'ayant rien répondu, le petit prince hésita d'abord, puis, _ 705 avec un soupir, prit le départ…

« Je te fais mon ambassadeur », se hâta alors de crier le roi.

Il avait un grand air d'autorité.

« Les grandes personnes sont bien étranges », se dit le petit prince, en lui-même, durant son voyage. _ 710

XI

La seconde planète était habitée par un vaniteux : «Ah! Ah! Voilà la visite d'un admirateur!» s'écria de loin le vaniteux dès qu'il aperçut le petit prince.

Car, pour les vaniteux, les autres hommes sont des admirateurs.

715 _ «Bonjour, dit le petit prince. Vous avez un drôle de chapeau.

— C'est pour saluer, lui répondit le vaniteux. C'est pour saluer quand on m'acclame. Malheureusement il ne passe jamais personne par ici.

— Ah oui? dit le petit prince qui ne comprit pas.

— Frappe tes mains l'une contre l'autre », conseilla donc le vaniteux.

Le petit prince frappa ses mains l'une contre l'autre. Le vaniteux salua modestement en soulevant son chapeau.

« Ça, c'est plus amusant que la visite au roi », se dit en lui-même le petit prince. Et il recommença de frapper ses mains l'une contre l'autre. Le vaniteux recommença de saluer en soulevant son chapeau.

Après cinq minutes d'exercice le petit prince se fatigua de la monotonie du jeu :

« Et, pour que le chapeau tombe, demanda-t-il, que faut-il faire ? »

_ 740

745 _ Mais le vaniteux ne l'entendit pas. Les vaniteux n'entendent jamais que les louanges.

«Est-ce que tu m'admires vraiment beaucoup? demanda-t-il au petit prince.

— Qu'est-ce que signifie "admirer"?

750 _ — "Admirer" signifie reconnaître que je suis l'homme le plus beau, le mieux habillé, le plus riche et le plus intelligent de la planète.

— Mais tu es seul sur ta planète!

— Fais-moi ce plaisir. Admire-moi quand même!

755 _ — Je t'admire, dit le petit prince, en haussant un peu les épaules, mais en quoi cela peut-il bien t'intéresser?»

Et le petit prince s'en fut.

«Les grandes personnes sont décidément bien bizarres», se dit-il simplement en lui-même durant son voyage.

XII

760 _ La planète suivante était habitée par un buveur. Cette visite fut très courte mais elle plongea le petit prince dans une grande mélancolie :

«Que fais-tu là? dit-il au buveur, qu'il trouva installé en silence devant une collection de bouteilles vides et une collection de
765 _ bouteilles pleines.

— Je bois, répondit le buveur, d'un air lugubre.

— Pourquoi bois-tu? lui demanda le petit prince.

— Pour oublier, répondit le buveur.

— Pour oublier quoi? s'enquit le petit prince qui déjà le plaignait. _770

— Pour oublier que j'ai honte, avoua le buveur en baissant la tête.

— Honte de quoi? s'informa le petit prince qui désirait le secourir.

— Honte de boire!» acheva le buveur qui s'enferma définiti- _775 vement dans le silence.

Et le petit prince s'en fut, perplexe.

«Les grandes personnes sont décidément très très bizarres», se disait-il en lui-même durant le voyage.

XIII

La quatrième planète était celle du businessman. Cet homme _780 était si occupé qu'il ne leva même pas la tête à l'arrivée du petit prince.

«Bonjour, lui dit celui-ci. Votre cigarette est éteinte.

— Trois et deux font cinq. Cinq et sept douze. Douze et trois quinze. Bonjour. Quinze et sept vingt-deux. Vingt-deux et six _785 vingt-huit. Pas le temps de la rallumer. Vingt-six et cinq trente et un. Ouf! Ça fait donc cinq cent un millions six cent vingt-deux mille sept cent trente et un.

— Cinq cents millions de quoi?

— Hein? Tu es toujours là? Cinq cent un millions de... je ne _790 sais plus... j'ai tellement de travail! Je suis sérieux, moi, je ne m'amuse pas à des balivernes! Deux et cinq sept...

— Cinq cent un millions de quoi?» répéta le petit prince qui jamais de sa vie n'avait renoncé à une question, une fois qu'il 795 _ l'avait posée.

Le businessman leva la tête :

«Depuis cinquante-quatre ans que j'habite cette planète-ci, je n'ai été dérangé que trois fois. La première fois ça a été, il y a vingt-deux ans, par un hanneton qui était tombé Dieu sait d'où. 800 _ Il répandait un bruit épouvantable, et j'ai fait quatre erreurs dans une addition. La seconde fois ça a été, il y a onze ans, par une crise de rhumatisme. Je manque d'exercice. Je n'ai pas le temps de flâner. Je suis sérieux, moi. La troisième fois… la voici ! Je disais donc cinq cent un millions…

805 _ — Millions de quoi?»

Le businessman comprit qu'il n'était point d'espoir de paix :
«Millions de ces petites choses que l'on voit quelquefois dans le ciel.

— Des mouches ?

— Mais non, des petites choses qui brillent. _ 810

— Des abeilles ?

— Mais non. Des petites choses dorées qui font rêvasser les fainéants. Mais je suis sérieux, moi ! Je n'ai pas le temps de rêvasser.

— Ah ! des étoiles ?

— C'est bien ça. Des étoiles. _ 815

— Et que fais-tu de cinq cents millions d'étoiles ?

— Cinq cent un millions six cent vingt-deux mille sept cent trente et un. Je suis sérieux, moi, je suis précis.

— Et que fais-tu de ces étoiles ?

— Ce que j'en fais ? _ 820

— Oui.

— Rien. Je les possède.

— Tu possèdes les étoiles ?

— Oui.

— Mais j'ai déjà vu un roi qui… _ 825

— Les rois ne possèdent pas. Ils "règnent" sur. C'est très différent.

— Et à quoi cela te sert-il de posséder les étoiles ?

— Ça me sert à être riche.

— Et à quoi cela te sert-il d'être riche ? _ 830

— À acheter d'autres étoiles, si quelqu'un en trouve.»

«Celui-là, se dit en lui-même le petit prince, il raisonne un peu comme mon ivrogne.»

Cependant il posa encore des questions :

835 _ « Comment peut-on posséder les étoiles ?

— À qui sont-elles ? riposta, grincheux, le businessman.

— Je ne sais pas. À personne.

— Alors elles sont à moi, car j'y ai pensé le premier.

— Ça suffit ?

840 _ — Bien sûr. Quand tu trouves un diamant qui n'est à personne, il est à toi. Quand tu trouves une île qui n'est à personne, elle est à toi. Quand tu as une idée le premier, tu la fais breveter : elle est à toi. Et moi je possède les étoiles, puisque jamais personne avant moi n'a songé à les posséder.

845 _ — Ça c'est vrai, dit le petit prince. Et qu'en fais-tu ?

— Je les gère. Je les compte et je les recompte, dit le businessman. C'est difficile. Mais je suis un homme sérieux ! »

Le petit prince n'était pas satisfait encore.

« Moi, si je possède un foulard, je puis le mettre autour de

850 _ mon cou et l'emporter. Moi, si je possède une fleur, je puis cueillir ma fleur et l'emporter. Mais tu ne peux pas cueillir les étoiles !

— Non, mais je puis les placer en banque.

— Qu'est-ce que ça veut dire ?

855 _ — Ça veut dire que j'écris sur un petit papier le nombre de mes étoiles. Et puis j'enferme à clef ce papier-là dans un tiroir.

— Et c'est tout ?

— Ça suffit ! »

« C'est amusant, pensa le petit prince. C'est assez poétique.

860 _ Mais ce n'est pas très sérieux. »

Le petit prince avait sur les choses sérieuses des idées très différentes des idées des grandes personnes.

« Moi, dit-il encore, je possède une fleur que j'arrose tous les jours. Je possède trois volcans que je ramone toutes les semaines. Car je ramone aussi celui qui est éteint. On ne sait _ 865 jamais. C'est utile à mes volcans, et c'est utile à ma fleur, que je les possède. Mais tu n'es pas utile aux étoiles…»

Le businessman ouvrit la bouche mais ne trouva rien à répondre, et le petit prince s'en fut.

«Les grandes personnes sont décidément tout à fait extraordi- _ 870 naires», se disait-il simplement en lui-même durant le voyage.

XIV

La cinquième planète était très curieuse. C'était la plus petite de toutes. Il y avait là juste assez de place pour loger un réverbère et un allumeur de réverbères. Le petit prince ne parvenait pas à s'expliquer à quoi pouvaient servir, quelque part dans le _ 875 ciel, sur une planète sans maison ni population, un réverbère et un allumeur de réverbères. Cependant il se dit en lui-même :

«Peut-être bien que cet homme est absurde. Cependant il est moins absurde que le roi, que le vaniteux, que le businessman et que le buveur. Au moins son travail a-t-il un sens. Quand il _ 880 allume son réverbère, c'est comme s'il faisait naître une étoile de plus, ou une fleur. Quand il éteint son réverbère, ça endort la fleur ou l'étoile. C'est une occupation très jolie. C'est véritablement utile puisque c'est joli. »

Lorsqu'il aborda la planète, il salua respectueusement l'al- _ 885 lumeur :

«Bonjour. Pourquoi viens-tu d'éteindre ton réverbère ?

— C'est la consigne, répondit l'allumeur. Bonjour.

— Qu'est-ce que la consigne?

890 — C'est d'éteindre mon réverbère. Bonsoir.»

Et il le ralluma.

«Mais pourquoi viens-tu de le rallumer?

— C'est la consigne, répondit l'allumeur.

— Je ne comprends pas, dit le petit prince.

895 — Il n'y a rien à comprendre, dit l'allumeur. La consigne c'est la consigne. Bonjour.»

Et il éteignit son réverbère.

Puis il s'épongea le front avec un mouchoir à carreaux rouges.

«Je fais là un métier terrible. C'était raisonnable autrefois.

900 J'éteignais le matin et j'allumais le soir. J'avais le reste du jour pour me reposer, et le reste de la nuit pour dormir…

— Et, depuis cette époque, la consigne a changé?

— La consigne n'a pas changé, dit l'allumeur. C'est bien là le drame! La planète d'année en année a tourné de plus en plus

905 vite, et la consigne n'a pas changé!

— Alors? dit le petit prince.

— Alors maintenant qu'elle fait un tour par minute, je n'ai plus une seconde de repos. J'allume et j'éteins une fois par minute!

910 — Ça c'est drôle! Les jours chez toi durent une minute!

— Ce n'est pas drôle du tout, dit l'allumeur. Ça fait déjà un mois que nous parlons ensemble.

— Un mois?

— Oui. Trente minutes. Trente jours! Bonsoir.»

915 Et il ralluma son réverbère.

Le petit prince le regarda et il aima cet allumeur qui était telle-

« Je fais là un métier terrible. »

ment fidèle à la consigne. Il se souvint des couchers de soleil que lui-même allait autrefois chercher, en tirant sa chaise. Il voulut aider son ami :

920 _ « Tu sais… je connais un moyen de te reposer quand tu voudras…

— Je veux toujours », dit l'allumeur.

Car on peut être, à la fois, fidèle et paresseux.

Le petit prince poursuivit :

925 _ « Ta planète est tellement petite que tu en fais le tour en trois enjambées. Tu n'as qu'à marcher assez lentement pour rester toujours au soleil. Quand tu voudras te reposer tu marcheras… et le jour durera aussi longtemps que tu voudras.

— Ça ne m'avance pas à grand-chose, dit l'allumeur. Ce que 930 _ j'aime dans la vie, c'est dormir.

— Ce n'est pas de chance, dit le petit prince.

— Ce n'est pas de chance, dit l'allumeur. Bonjour. »

Et il éteignit son réverbère.

« Celui-là, se dit le petit prince, tandis qu'il poursuivait plus 935 _ loin son voyage, celui-là serait méprisé par tous les autres, par le roi, par le vaniteux, par le buveur, par le businessman. Cependant c'est le seul qui ne me paraisse pas ridicule. C'est, peut-être, parce qu'il s'occupe d'autre chose que de soi-même. »

Il eut un soupir de regret et se dit encore :

940 _ « Celui-là est le seul dont j'eusse pu faire mon ami. Mais sa planète est vraiment trop petite. Il n'y a pas de place pour deux… »

Ce que le petit prince n'osait pas s'avouer, c'est qu'il regrettait cette planète bénie à cause, surtout, des mille quatre cent quarante couchers de soleil par vingt-quatre heures !

XV

La sixième planète était une planète dix fois plus vaste. Elle _ 945 était habitée par un vieux monsieur qui écrivait d'énormes livres.

« Tiens ! voilà un explorateur ! » s'écria-t-il, quand il aperçut le petit prince.

Le petit prince s'assit sur la table et souffla un peu. Il avait déjà tant voyagé !   _ 950

« D'où viens-tu ? lui dit le vieux monsieur.

— Quel est ce gros livre ? dit le petit prince. Que faites-vous ici ?

— Je suis géographe, dit le vieux monsieur.

— Qu'est-ce qu'un géographe ?

— C'est un savant qui connaît où se trouvent les mers, les _ 955 fleuves, les villes, les montagnes et les déserts.

— Ça c'est bien intéressant, dit le petit prince. Ça c'est enfin un véritable métier ! » Et il jeta un coup d'œil autour de lui sur la planète du géographe. Il n'avait jamais vu encore une planète aussi majestueuse.   _ 960

« Elle est bien belle, votre planète. Est-ce qu'il y a des océans ?

— Je ne puis pas le savoir, dit le géographe.

— Ah ! (Le petit prince était déçu.) Et des montagnes ?

— Je ne puis pas le savoir, dit le géographe.

— Et des villes et des fleuves et des déserts ?   _ 965

— Je ne puis pas le savoir non plus, dit le géographe.

— Mais vous êtes géographe !

— C'est exact, dit le géographe, mais je ne suis pas explorateur. Je manque absolument d'explorateurs. Ce n'est pas le géographe

970 _ qui va faire le compte des villes, des fleuves, des montagnes, des
mers, des océans et des déserts. Le géographe est trop important
pour flâner. Il ne quitte pas son bureau. Mais il y reçoit les explorateurs. Il les interroge, et il prend en note leurs souvenirs. Et si
les souvenirs de l'un d'entre eux lui paraissent intéressants, le
975 _ géographe fait faire une enquête sur la moralité de l'explorateur.

— Pourquoi ça?

— Parce qu'un explorateur qui mentirait entraînerait des
catastrophes dans les livres de géographie. Et aussi un explorateur qui boirait trop.

— Pourquoi ça? fit le petit prince. _ 980

— Parce que les ivrognes voient double. Alors le géographe noterait deux montagnes, là où il n'y en a qu'une seule.

— Je connais quelqu'un, dit le petit prince, qui serait mauvais explorateur.

— C'est possible. Donc, quand la moralité de l'explorateur _ 985 paraît bonne, on fait une enquête sur sa découverte.

— On va voir?

— Non. C'est trop compliqué. Mais on exige de l'explorateur qu'il fournisse des preuves. S'il s'agit par exemple de la découverte d'une grosse montagne, on exige qu'il en rapporte de _ 990 grosses pierres.»

Le géographe soudain s'émut.

«Mais toi, tu viens de loin! Tu es explorateur! Tu vas me décrire ta planète!»

Et le géographe, ayant ouvert son registre, tailla son crayon. _ 995 On note d'abord au crayon les récits des explorateurs. On attend, pour noter à l'encre, que l'explorateur ait fourni des preuves.

«Alors? interrogea le géographe.

— Oh! chez moi, dit le petit prince, ce n'est pas très intéressant, c'est tout petit. J'ai trois volcans. Deux volcans en activité, _ 1000 et un volcan éteint. Mais on ne sait jamais.

— On ne sait jamais, dit le géographe.

— J'ai aussi une fleur.

— Nous ne notons pas les fleurs, dit le géographe.

— Pourquoi ça! c'est le plus joli! _ 1005

— Parce que les fleurs sont éphémères.

— Qu'est-ce que signifie : "éphémère"?

— Les géographies, dit le géographe, sont les livres les plus

sérieux de tous les livres. Elles ne se démodent jamais. Il est très
1010 _ rare qu'une montagne change de place. Il est très rare qu'un
océan se vide de son eau. Nous écrivons des choses éternelles.

— Mais les volcans éteints peuvent se réveiller, interrompit le
petit prince. Qu'est-ce que signifie : "éphémère"?

— Que les volcans soient éteints ou soient éveillés, ça revient
1015 _ au même pour nous autres, dit le géographe. Ce qui compte pour
nous, c'est la montagne. Elle ne change pas.

— Mais qu'est-ce que signifie "éphémère"? répéta le petit
prince qui, de sa vie, n'avait renoncé à une question, une fois
qu'il l'avait posée.

1020 _ — Ça signifie "qui est menacé de disparition prochaine".

— Ma fleur est menacée de disparition prochaine?

— Bien sûr.»

«Ma fleur est éphémère, se dit le petit prince, et elle n'a que
quatre épines pour se défendre contre le monde ! Et je l'ai laissée
1025 _ toute seule chez moi !»

Ce fut là son premier mouvement de regret. Mais il reprit cou-
rage :

«Que me conseillez-vous d'aller visiter? demanda-t-il.

— La planète Terre, lui répondit le géographe. Elle a une
1030 _ bonne réputation…»

Et le petit prince s'en fut, songeant à sa fleur.

XVI

La septième planète fut donc la Terre.

La Terre n'est pas une planète quelconque! On y compte cent onze rois (en n'oubliant pas, bien sûr, les rois nègres), sept mille géographes, neuf cent mille businessmen, sept millions et demi d'ivrognes, trois cent onze millions de vaniteux, c'est-à-dire environ deux milliards de grandes personnes.

Pour vous donner une idée des dimensions de la Terre je vous dirai qu'avant l'invention de l'électricité on y devait entretenir, sur l'ensemble des six continents, une véritable armée de quatre cent soixante-deux mille cinq cent onze allumeurs de réverbères.

Vu d'un peu loin ça faisait un effet splendide. Les mouvements de cette armée étaient réglés comme ceux d'un ballet d'opéra. D'abord venait le tour des allumeurs de réverbères de Nouvelle-Zélande et d'Australie. Puis ceux-ci, ayant allumé leurs lampions, s'en allaient dormir. Alors entraient à leur tour dans la danse les allumeurs de réverbères de Chine et de Sibérie. Puis eux aussi s'escamotaient dans les coulisses. Alors venait le tour des allumeurs de réverbères de Russie et des Indes. Puis de ceux d'Afrique et d'Europe. Puis de ceux d'Amérique du Sud. Puis de ceux d'Amérique du Nord. Et jamais ils ne se trompaient dans leur ordre d'entrée en scène. C'était grandiose.

Seuls, l'allumeur de l'unique réverbère du pôle Nord, et son confrère de l'unique réverbère du pôle Sud, menaient des vies d'oisiveté et de nonchalance : ils travaillaient deux fois par an.

XVII

Quand on veut faire de l'esprit, il arrive que l'on mente un peu. Je n'ai pas été très honnête en vous parlant des allumeurs de réverbères. Je risque de donner une fausse idée de notre planète à ceux qui ne la connaissent pas. Les hommes occupent très peu de place sur la Terre. Si les deux milliards _ 1060 d'habitants qui peuplent la Terre se tenaient debout et un peu serrés, comme pour un meeting, ils logeraient aisément sur une place publique de vingt milles de long sur vingt milles de large. On pourrait entasser l'humanité sur le moindre petit îlot du Pacifique. _ 1065

Les grandes personnes, bien sûr, ne vous croiront pas. Elles s'imaginent tenir beaucoup de place. Elles se voient importantes comme des baobabs. Vous leur conseillerez donc de faire le calcul. Elles adorent les chiffres : ça leur plaira. Mais ne perdez pas votre temps à ce pensum. C'est inutile. Vous avez _ 1070 confiance en moi.

Le petit prince, une fois sur Terre, fut donc bien surpris de ne voir personne. Il avait déjà peur de s'être trompé de planète, quand un anneau couleur de lune remua dans le sable.

« Bonne nuit, fit le petit prince à tout hasard. _ 1075

— Bonne nuit, fit le serpent.

— Sur quelle planète suis-je tombé ? demanda le petit prince.

— Sur la Terre, en Afrique, répondit le serpent.

— Ah !… Il n'y a donc personne sur la Terre ?

1080 — « Ici c'est le désert. Il n'y a personne dans les déserts. La Terre est grande », dit le serpent.

Le petit prince s'assit sur une pierre et leva les yeux vers le ciel :

« Je me demande, dit-il, si les étoiles sont éclairées afin que chacun puisse un jour retrouver la sienne. Regarde ma planète.

1085 — Elle est juste au-dessus de nous... Mais comme elle est loin !

— Elle est belle, dit le serpent. Que viens-tu faire ici ?

— J'ai des difficultés avec une fleur, dit le petit prince.

— Ah ! » fit le serpent.

Et ils se turent.

1090 — « Où sont les hommes ? reprit enfin le petit prince. On est un peu seul dans le désert...

— On est seul aussi chez les hommes », dit le serpent.

Le petit prince le regarda longtemps :

« Tu es une drôle de bête, lui dit-il enfin, mince comme un

1095 — doigt...

— Mais je suis plus puissant que le doigt d'un roi », dit le serpent.

Le petit prince eut un sourire :

« Tu n'es pas bien puissant... tu n'as même pas de pattes... tu

1100 — ne peux même pas voyager...

— Je puis t'emporter plus loin qu'un navire », dit le serpent.

Il s'enroula autour de la cheville du petit prince, comme un bracelet d'or :

« Celui que je touche, je le rends à la terre dont il est sorti, dit-il

1105 — encore. Mais tu es pur et tu viens d'une étoile... »

Le petit prince ne répondit rien.

« Tu me fais pitié, toi si faible, sur cette Terre de granit. Je puis t'aider un jour si tu regrettes trop ta planète. Je puis...

«Tu es une drôle de bête, lui dit-il enfin, mince comme un doigt…»

— Oh! J'ai très bien compris, fit le petit prince, mais pourquoi
1110 _ parles-tu toujours par énigmes?

— Je les résous toutes», dit le serpent.

Et ils se turent.

XVIII

Le petit prince traversa le désert et ne rencontra qu'une fleur.
Une fleur à trois pétales, une fleur de rien du tout…
1115 _ «Bonjour, dit le petit prince.

— Bonjour, dit la fleur.

— Où sont les hommes?» demanda poliment le petit prince.

La fleur, un jour, avait vu passer une caravane:

«Les hommes? Il en existe, je crois, six ou sept. Je les ai aperçus
1120 _ il y a des années. Mais on ne sait jamais où les trouver. Le vent les
promène. Ils manquent de racines, ça les gêne beaucoup.

— Adieu, fit le petit prince.

— Adieu», dit la fleur.

XIX

Le petit prince fit l'ascension d'une haute montagne. Les seules montagnes qu'il eût jamais connues étaient les trois vol- — 1125 cans qui lui arrivaient au genou. Et il se servait du volcan éteint comme d'un tabouret. «D'une montagne haute comme celle-ci, se dit-il donc, j'apercevrai d'un coup toute la planète et tous les hommes…» Mais il n'aperçut rien que des aiguilles de roc bien aiguisées. — 1130

«Bonjour, dit-il à tout hasard.

— Bonjour… Bonjour… Bonjour…, répondit l'écho.

— Qui êtes-vous? dit le petit prince.

— Qui êtes-vous… qui êtes-vous… qui êtes- — 1135 vous…, répondit l'écho.

— Soyez mes amis, je suis seul, dit-il.

— Je suis seul… je suis seul… je suis seul…», répondit l'écho.

«Quelle drôle de planète! pensa-t-il alors. Elle est toute sèche, et toute pointue et toute salée. Et les hommes manquent d'imagination. Ils répètent ce qu'on leur dit… Chez moi j'avais une fleur : elle parlait toujours la première…»

XX

Mais il arriva que le petit prince, ayant longtemps marché à travers les sables, les rocs et les neiges, découvrit enfin une route. Et les routes vont toutes chez les hommes.

«Bonjour», dit-il.

C'était un jardin fleuri de roses.

«Bonjour», dirent les roses.

Le petit prince les regarda. Elles ressemblaient toutes à sa fleur.

«Qui êtes-vous? leur demanda-t-il, stupéfait.

— Nous sommes des roses, dirent les roses.

— Ah!» fit le petit prince…

Et il se sentit très malheureux. Sa fleur lui avait raconté qu'elle était seule de son espèce dans l'univers. Et voici qu'il en était cinq mille, toutes semblables, dans un seul jardin!

«Elle serait bien vexée, se dit-il, si elle voyait ça… elle tousserait énormément et ferait semblant de mourir pour échapper au ridicule. Et je serais bien obligé de faire semblant de la soigner, car, sinon, pour m'humilier moi aussi, elle se laisserait vraiment mourir…»

Puis il se dit encore : «Je me croyais riche d'une fleur unique,

«Cette planète est toute sèche, et toute pointue et toute salée.»

et je ne possède qu'une rose ordinaire. Ça et mes trois volcans qui m'arrivent au genou, et dont l'un, peut-être, est éteint pour toujours, ça ne fait pas de moi un bien grand prince…» Et, couché dans l'herbe, il pleura.

XXI

1170 _ C'est alors qu'apparut le renard :
«Bonjour, dit le renard.
— Bonjour, répondit poliment le petit prince, qui se retourna mais ne vit rien.
— Je suis là, dit la voix, sous le pommier…
1175 _ — Qui es-tu ? dit le petit prince. Tu es bien joli…
— Je suis un renard, dit le renard.

— Viens jouer avec moi, lui proposa le petit prince. Je suis tellement triste…

— Je ne puis pas jouer avec toi, dit le renard. Je ne suis pas apprivoisé. _ 1180

— Ah! pardon », fit le petit prince.

Mais, après réflexion, il ajouta :

« Qu'est-ce que signifie "apprivoiser"?

— Tu n'es pas d'ici, dit le renard, que cherches-tu?

— Je cherche les hommes, dit le petit prince. Qu'est-ce que _ 1185 signifie "apprivoiser"?

— Les hommes, dit le renard, ils ont des fusils et ils chassent. C'est bien gênant! Ils élèvent aussi des poules. C'est leur seul intérêt. Tu cherches des poules?

— Non, dit le petit prince. Je cherche des amis. Qu'est-ce que _ 1190 signifie "apprivoiser"?

— C'est une chose trop oubliée, dit le renard. Ça signifie "créer des liens…".

— Créer des liens?

1195 _ — Bien sûr, dit le renard. Tu n'es encore pour moi qu'un petit garçon tout semblable à cent mille petits garçons. Et je n'ai pas besoin de toi. Et tu n'as pas besoin de moi non plus. Je ne suis pour toi qu'un renard semblable à cent mille renards. Mais, si tu m'apprivoises, nous aurons besoin l'un de l'autre.

1200 _ Tu seras pour moi unique au monde. Je serai pour toi unique au monde…

 — Je commence à comprendre, dit le petit prince. Il y a une fleur… je crois qu'elle m'a apprivoisé…

 — C'est possible, dit le renard. On voit sur la Terre toutes

1205 _ sortes de choses…

 — Oh! ce n'est pas sur la Terre », dit le petit prince.

Le renard parut très intrigué :

« Sur une autre planète ?

 — Oui.

1210 _ — Il y a des chasseurs, sur cette planète-là ?

 — Non.

 — Ça, c'est intéressant ! Et des poules ?

 — Non.

 — Rien n'est parfait », soupira le renard.

1215 _ Mais le renard revint à son idée :

« Ma vie est monotone. Je chasse les poules, les hommes me chassent. Toutes les poules se ressemblent, et tous les hommes se ressemblent. Je m'ennuie donc un peu. Mais, si tu m'apprivoises, ma vie sera comme ensoleillée. Je connaîtrai un bruit de

1220 _ pas qui sera différent de tous les autres. Les autres pas me font rentrer sous terre. Le tien m'appellera hors du terrier, comme une musique. Et puis regarde ! Tu vois, là-bas, les champs de blé ? Je ne mange pas de pain. Le blé pour moi est inutile. Les champs de blé ne me rappellent rien. Et ça, c'est triste! Mais tu as des cheveux couleur d'or. Alors ce sera merveilleux quand _ 1225 tu m'auras apprivoisé! Le blé, qui est doré, me fera souvenir de toi. Et j'aimerai le bruit du vent dans le blé…»

Le renard se tut et regarda longtemps le petit prince :

«S'il te plaît… apprivoise-moi! dit-il.

— Je veux bien, répondit le petit prince, mais je n'ai pas _ 1230 beaucoup de temps. J'ai des amis à découvrir et beaucoup de choses à connaître.

— On ne connaît que les choses que l'on apprivoise, dit le renard. Les hommes n'ont plus le temps de rien connaître. Ils achètent des choses toutes faites chez les marchands. Mais _ 1235 comme il n'existe point de marchands d'amis, les hommes n'ont plus d'amis. Si tu veux un ami, apprivoise-moi!

— Que faut-il faire? dit le petit prince.

— Il faut être très patient, répondit le renard. Tu t'assoiras d'abord un peu loin de moi, comme ça, dans l'herbe. Je te regar- _ 1240 derai du coin de l'œil et tu ne diras rien. Le langage est source de malentendus. Mais, chaque jour, tu pourras t'asseoir un peu plus près…»

Le lendemain revint le petit prince.

«Il eût mieux valu revenir à la même heure, dit le renard. Si _ 1245 tu viens, par exemple, à quatre heures de l'après-midi, dès trois heures je commencerai d'être heureux. Plus l'heure avancera, plus je me sentirai heureux. À quatre heures, déjà, je m'agiterai et m'inquiéterai : je découvrirai le prix du bonheur! Mais si tu viens n'importe quand, je ne saurai jamais à quelle heure _ 1250 m'habiller le cœur… Il faut des rites.

— Qu'est-ce qu'un rite? dit le petit prince.

— C'est aussi quelque chose de trop oublié, dit le renard. C'est ce qui fait qu'un jour est différent des autres jours, une
1255 — heure, des autres heures. Il y a un rite, par exemple, chez mes chasseurs. Ils dansent le jeudi avec les filles du village. Alors le jeudi est jour merveilleux ! Je vais me promener jusqu'à la vigne. Si les chasseurs dansaient n'importe quand, les jours se ressembleraient tous, et je n'aurais point de vacances. »

1260 — Ainsi, le petit prince apprivoisa le renard. Et quand l'heure du départ fut proche :

« Ah ! dit le renard… Je pleurerai.

— C'est ta faute, dit le petit prince, je ne te souhaitais point de mal, mais tu as voulu que je t'apprivoise…

1265 — — Bien sûr, dit le renard.

— Mais tu vas pleurer ! dit le petit prince.

— Bien sûr, dit le renard.

— Alors tu n'y gagnes rien !

«Si tu viens, par exemple, à quatre heures de l'après-midi,
dès trois heures je commencerai d'être heureux.»

1270 _ — J'y gagne, dit le renard, à cause de la couleur du blé.»

Puis il ajouta :

« Va revoir les roses. Tu comprendras que la tienne est unique au monde. Tu reviendras me dire adieu, et je te ferai cadeau d'un secret.»

1275 _ Le petit prince s'en fut revoir les roses :

« Vous n'êtes pas du tout semblables à ma rose, vous n'êtes rien encore, leur dit-il. Personne ne vous a apprivoisées et vous n'avez apprivoisé personne. Vous êtes comme était mon renard. Ce n'était qu'un renard semblable à cent mille autres. Mais j'en

1280 _ ai fait mon ami, et il est maintenant unique au monde.»

Et les roses étaient bien gênées.

« Vous êtes belles, mais vous êtes vides, leur dit-il encore. On ne peut pas mourir pour vous. Bien sûr, ma rose à moi, un passant ordinaire croirait qu'elle vous ressemble. Mais à elle seule

1285 _ elle est plus importante que vous toutes, puisque c'est elle que j'ai arrosée. Puisque c'est elle que j'ai mise sous globe. Puisque c'est elle que j'ai abritée par le paravent. Puisque c'est elle dont j'ai tué les chenilles (sauf les deux ou trois pour les papillons). Puisque c'est elle que j'ai écoutée se plaindre, ou se vanter, ou

1290 _ même quelquefois se taire. Puisque c'est ma rose.»

Et il revint vers le renard :

« Adieu, dit-il…

— Adieu, dit le renard. Voici mon secret. Il est très simple : on ne voit bien qu'avec le cœur. L'essentiel est invisible pour

1295 _ les yeux.

Et, couché dans l'herbe, il pleura.

— L'essentiel est invisible pour les yeux, répéta le petit prince, afin de se souvenir.

— C'est le temps que tu as perdu pour ta rose qui fait ta rose si importante.

1300 — C'est le temps que j'ai perdu pour ma rose…, fit le petit prince, afin de se souvenir.

— Les hommes ont oublié cette vérité, dit le renard. Mais tu ne dois pas l'oublier. Tu deviens responsable pour toujours de ce que tu as apprivoisé. Tu es responsable de ta rose…

1305 — Je suis responsable de ma rose…», répéta le petit prince, afin de se souvenir.

XXII

«Bonjour, dit le petit prince.

— Bonjour, dit l'aiguilleur.

— Que fais-tu ici? dit le petit prince.

1310 — Je trie les voyageurs, par paquets de mille, dit l'aiguilleur. J'expédie les trains qui les emportent, tantôt vers la droite, tantôt vers la gauche.»

Et un rapide illuminé, grondant comme le tonnerre, fit trembler la cabine d'aiguillage.

1315 «Ils sont bien pressés, dit le petit prince. Que cherchent-ils?

— L'homme de la locomotive l'ignore lui-même», dit l'aiguilleur.

Et gronda, en sens inverse, un second rapide illuminé.

«Ils reviennent déjà? demanda le petit prince…

— Ce ne sont pas les mêmes, dit l'aiguilleur. C'est un échange. _ 1320

— Ils n'étaient pas contents, là où ils étaient?

— On n'est jamais content là où l'on est», dit l'aiguilleur.

Et gronda le tonnerre d'un troisième rapide illuminé.

«Ils poursuivent les premiers voyageurs? demanda le petit prince. _ 1325

— Ils ne poursuivent rien du tout, dit l'aiguilleur. Ils dorment là-dedans, ou bien ils bâillent. Les enfants seuls écrasent leur nez contre les vitres.

— Les enfants seuls savent ce qu'ils cherchent, fit le petit prince. Ils perdent du temps pour une poupée de chiffons, et _ 1330 elle devient très importante, et si on la leur enlève, ils pleurent…

— Ils ont de la chance», dit l'aiguilleur.

XXIII

«Bonjour, dit le petit prince.

— Bonjour», dit le marchand.

1335 _ C'était un marchand de pilules perfectionnées qui apaisent la soif. On en avale une par semaine et l'on n'éprouve plus le besoin de boire.

«Pourquoi vends-tu ça? dit le petit prince.

— C'est une grosse économie de temps, dit le marchand. Les 1340 _ experts ont fait des calculs. On épargne cinquante-trois minutes par semaine.

— Et que fait-on de ces cinquante-trois minutes?

— On en fait ce que l'on veut…»

«Moi, se dit le petit prince, si j'avais cinquante-trois minutes 1345 _ à dépenser, je marcherais tout doucement vers une fontaine…»

XXIV

Nous en étions au huitième jour de ma panne dans le désert, et j'avais écouté l'histoire du marchand en buvant la dernière goutte de ma provision d'eau :

«Ah! dis-je au petit prince, ils sont bien jolis, tes souvenirs, 1350 _ mais je n'ai pas encore réparé mon avion, je n'ai plus rien à boire, et je serais heureux, moi aussi, si je pouvais marcher tout doucement vers une fontaine !

— Mon ami le renard, me dit-il…

— Mon petit bonhomme, il ne s'agit plus du renard !

— Pourquoi ? _ 1355

— Parce qu'on va mourir de soif…»

Il ne comprit pas mon raisonnement, il me répondit :

«C'est bien d'avoir eu un ami, même si l'on va mourir. Moi, je suis bien content d'avoir eu un ami renard…»

«Il ne mesure pas le danger, me dis-je. Il n'a jamais ni faim ni _ 1360 soif. Un peu de soleil lui suffit…»

Mais il me regarda et répondit à ma pensée :

«J'ai soif aussi… cherchons un puits…»

J'eus un geste de lassitude : il est absurde de chercher un puits, au hasard, dans l'immensité du désert. Cependant nous _ 1365 nous mîmes en marche.

Quand nous eûmes marché, des heures, en silence, la nuit tomba, et les étoiles commencèrent de s'éclairer. Je les apercevais comme en rêve, ayant un peu de fièvre, à cause de ma soif. Les mots du petit prince dansaient dans ma mémoire : _ 1370

«Tu as donc soif, toi aussi ?» lui demandai-je.

Mais il ne répondit pas à ma question. Il me dit simplement :

«L'eau peut aussi être bonne pour le cœur…»

Je ne compris pas sa réponse mais je me tus… Je savais bien qu'il ne fallait pas l'interroger. _ 1375

Il était fatigué. Il s'assit. Je m'assis auprès de lui. Et, après un silence, il dit encore :

«Les étoiles sont belles, à cause d'une fleur que l'on ne voit pas…»

Je répondis «bien sûr» et je regardai, sans parler, les plis du _ 1380 sable sous la lune.

«Le désert est beau», ajouta-t-il…

Et c'était vrai. J'ai toujours aimé le désert. On s'assoit sur une dune de sable. On ne voit rien. On n'entend rien. Et cependant quelque chose rayonne en silence…

«Ce qui embellit le désert, dit le petit prince, c'est qu'il cache un puits quelque part…»

Je fus surpris de comprendre soudain ce mystérieux rayonnement du sable. Lorsque j'étais petit garçon, j'habitais une maison ancienne, et la légende racontait qu'un trésor y était enfoui. Bien sûr, jamais personne n'a su le découvrir, ni peut-être même ne l'a cherché. Mais il enchantait toute cette maison. Ma maison cachait un secret au fond de son cœur…

«Oui, dis-je au petit prince, qu'il s'agisse de la maison, des étoiles ou du désert, ce qui fait leur beauté est invisible!

— Je suis content, dit-il, que tu sois d'accord avec mon renard.»

Comme le petit prince s'endormait, je le pris dans mes bras, et me remis en route. J'étais ému. Il me semblait porter un trésor fragile. Il me semblait même qu'il n'y eût rien de plus fragile sur la Terre. Je regardais, à la lumière de la lune, ce front pâle, ces yeux clos, ces mèches de cheveux qui tremblaient au vent, et je me disais : «Ce que je vois là n'est qu'une écorce. Le plus important est invisible…»

Comme ses lèvres entrouvertes ébauchaient un demi-sourire je me dis encore : «Ce qui m'émeut si fort de ce petit prince endormi, c'est sa fidélité pour une fleur, c'est l'image d'une rose qui rayonne en lui comme la flamme d'une lampe, même quand il dort…» Et je le devinai plus fragile encore. Il faut bien protéger les lampes : un coup de vent peut les éteindre…

Et, marchant ainsi, je découvris le puits au lever du jour.

Il rit, toucha la corde, fit jouer la poulie.

XXV

« Les hommes, dit le petit prince, ils s'enfournent dans les rapides, mais ils ne savent plus ce qu'ils cherchent. Alors ils s'agitent et tournent en rond… »

Et il ajouta :

1415 _ « Ce n'est pas la peine… »

Le puits que nous avions atteint ne ressemblait pas aux puits sahariens. Les puits sahariens sont de simples trous creusés dans le sable. Celui-là ressemblait à un puits de village. Mais il n'y avait là aucun village, et je croyais rêver.

1420 _ « C'est étrange, dis-je au petit prince, tout est prêt : la poulie, le seau et la corde… »

Il rit, toucha la corde, fit jouer la poulie.

Et la poulie gémit comme gémit une vieille girouette quand le vent a longtemps dormi.

1425 _ « Tu entends, dit le petit prince, nous réveillons ce puits et il chante… »

Je ne voulais pas qu'il fît un effort :

« Laisse-moi faire, lui dis-je, c'est trop lourd pour toi. »

Lentement je hissai le seau jusqu'à la margelle. Je l'y installai
1430 _ bien d'aplomb. Dans mes oreilles durait le chant de la poulie et, dans l'eau qui tremblait encore, je voyais trembler le soleil.

« J'ai soif de cette eau-là, dit le petit prince, donne-moi à boire… »

Et je compris ce qu'il avait cherché !

Je soulevai le seau jusqu'à ses lèvres. Il but, les yeux fermés. C'était
1435 _ doux comme une fête. Cette eau était bien autre chose qu'un ali-

ment. Elle était née de la marche sous les étoiles, du chant de la poulie, de l'effort de mes bras. Elle était bonne pour le cœur, comme un cadeau. Lorsque j'étais petit garçon, la lumière de l'arbre de Noël, la musique de la messe de minuit, la douceur des sourires faisaient, ainsi, tout le rayonnement du cadeau de _ 1440 Noël que je recevais.

«Les hommes de chez toi, dit le petit prince, cultivent cinq mille roses dans un même jardin… et ils n'y trouvent pas ce qu'ils cherchent…

— Ils ne le trouvent pas, répondis-je… _ 1445

— Et cependant ce qu'ils cherchent pourrait être trouvé dans une seule rose ou un peu d'eau…

— Bien sûr», répondis-je.

Et le petit prince ajouta :

«Mais les yeux sont aveugles. Il faut chercher avec le cœur.» _ 1450

J'avais bu. Je respirais bien. Le sable, au lever du jour, est couleur de miel. J'étais heureux aussi de cette couleur de miel. Pourquoi fallait-il que j'eusse de la peine…

«Il faut que tu tiennes ta promesse, me dit doucement le petit prince, qui, de nouveau, s'était assis auprès de moi. _ 1455

— Quelle promesse ?

— Tu sais… une muselière pour mon mouton… je suis responsable de cette fleur !»

Je sortis de ma poche mes ébauches de dessin. Le petit prince les aperçut et dit en riant : _ 1460

«Tes baobabs, ils ressemblent un peu à des choux…

— Oh !»

Moi qui étais si fier des baobabs !

«Ton renard... ses oreilles... elles ressemblent un peu à des cornes... et elles sont trop longues!»

Et il rit encore.

«Tu es injuste, petit bonhomme, je ne savais rien dessiner que les boas fermés et les boas ouverts.

— Oh! ça ira, dit-il, les enfants savent.»

Je crayonnai donc une muselière. Et j'eus le cœur serré en la lui donnant :

«Tu as des projets que j'ignore...»

Mais il ne me répondit pas. Il me dit :

«Tu sais, ma chute sur la Terre... c'en sera demain l'anniversaire...»

Puis, après un silence il dit encore :

«J'étais tombé tout près d'ici...»

Et il rougit.

Et de nouveau, sans comprendre pourquoi, j'éprouvai un chagrin bizarre. Cependant une question me vint :

«Alors ce n'est pas par hasard que, le matin où je t'ai connu, il y a huit jours, tu te promenais comme ça, tout seul, à mille milles de toutes les régions habitées! Tu retournais vers le point de ta chute?»

Le petit prince rougit encore.

Et j'ajoutai, en hésitant :

«À cause, peut-être, de l'anniversaire?...»

Le petit prince rougit de nouveau. Il ne répondait jamais aux questions, mais, quand on rougit, ça signifie «oui», n'est-ce pas?

«Ah! lui dis-je, j'ai peur...»

Mais il me répondit :

«Tu dois maintenant travailler. Tu dois repartir vers ta machine. Je t'attends ici. Reviens demain soir…»

Mais je n'étais pas rassuré. Je me souvenais du renard. On risque de pleurer un peu si l'on s'est laissé apprivoiser… _ 1495

XXVI

Il y avait, à côté du puits, une ruine de vieux mur de pierre. Lorsque je revins de mon travail, le lendemain soir, j'aperçus de loin mon petit prince assis là-haut, les jambes pendantes. Et je l'entendis qui parlait :

«Tu ne t'en souviens donc pas? disait-il. Ce n'est pas tout à _ 1500 fait ici!»

Une autre voix lui répondit sans doute, puisqu'il répliqua :

«Si! Si! c'est bien le jour, mais ce n'est pas ici l'endroit…»

Je poursuivis ma marche vers le mur. Je ne voyais ni n'entendais toujours personne. Pourtant le petit prince répliqua de _ 1505 nouveau :

«… Bien sûr. Tu verras où commence ma trace dans le sable. Tu n'as qu'à m'y attendre. J'y serai cette nuit.»

J'étais à vingt mètres du mur et je ne voyais toujours rien.

Le petit prince dit encore, après un silence : _ 1510

«Tu as du bon venin? Tu es sûr de ne pas me faire souffrir longtemps?»

Je fis halte, le cœur serré, mais je ne comprenais toujours pas.

«Maintenant, va-t'en, dit-il… Je veux redescendre!»

Alors j'abaissai moi-même les yeux vers le pied du mur, et _ 1515 je fis un bond! Il était là, dressé vers le petit prince, un de ces serpents jaunes qui vous exécutent en trente secondes. Tout en fouillant ma poche pour en tirer mon revolver, je pris le pas de course, mais, au bruit que je fis, le serpent se laissa doucement couler dans le sable, comme un jet d'eau qui meurt, et, sans trop se presser, se faufila entre les pierres avec un léger bruit de métal.

Je parvins au mur juste à temps pour y recevoir dans les bras mon petit bonhomme de prince, pâle comme la neige.

«Quelle est cette histoire-là! Tu parles maintenant avec les serpents!»

J'avais défait son éternel cache-nez d'or. Je lui avais mouillé les tempes et l'avais fait boire. Et maintenant je n'osais plus rien lui demander. Il me regarda gravement et m'entoura le cou de ses bras. Je sentais battre son cœur comme celui d'un oiseau qui meurt, quand on l'a tiré à la carabine. Il me dit:

«Je suis content que tu aies trouvé ce qui manquait à ta machine. Tu vas pouvoir rentrer chez toi…

— Comment sais-tu!»

Je venais justement lui annoncer que, contre toute espérance, j'avais réussi mon travail!

Il ne répondit rien à ma question, mais il ajouta:

«Moi aussi, aujourd'hui, je rentre chez moi…»

Puis, mélancolique:

«C'est bien plus loin… c'est bien plus difficile…»

Je sentais bien qu'il se passait quelque chose d'extraordinaire. Je le serrais dans les bras comme un petit enfant, et cependant il me semblait qu'il coulait verticalement dans un abîme sans que je puisse rien pour le retenir…

Il avait le regard sérieux, perdu très loin:

«Maintenant, va-t'en, dit-il… Je veux redescendre !»

1545 _ « J'ai ton mouton. Et j'ai la caisse pour le mouton. Et j'ai la muselière… »

Et il sourit avec mélancolie.

J'attendis longtemps. Je sentais qu'il se réchauffait peu à peu :

« Petit bonhomme, tu as eu peur… »

1550 _ Il avait eu peur, bien sûr ! Mais il rit doucement :

« J'aurai bien plus peur ce soir… »

De nouveau je me sentis glacé par le sentiment de l'irréparable. Et je compris que je ne supportais pas l'idée de ne plus jamais entendre ce rire. C'était pour moi comme une fontaine dans le

1555 _ désert.

« Petit bonhomme, je veux encore t'entendre rire… »

Mais il me dit :

« Cette nuit, ça fera un an. Mon étoile se trouvera juste au-dessus de l'endroit où je suis tombé l'année dernière…

1560 _ — Petit bonhomme, n'est-ce pas que c'est un mauvais rêve cette histoire de serpent et de rendez-vous et d'étoile… »

Mais il ne répondit pas à ma question. Il me dit :

« Ce qui est important, ça ne se voit pas…

— Bien sûr…

1565 _ — C'est comme pour la fleur. Si tu aimes une fleur qui se trouve dans une étoile, c'est doux, la nuit, de regarder le ciel. Toutes les étoiles sont fleuries.

— Bien sûr…

— C'est comme pour l'eau. Celle que tu m'as donnée à boire

1570 _ était comme une musique, à cause de la poulie et de la corde… tu te rappelles… elle était bonne.

— Bien sûr…

— Tu regarderas, la nuit, les étoiles. C'est trop petit chez moi pour que je te montre où se trouve la mienne. C'est mieux comme ça. Mon étoile, ça sera pour toi une des étoiles. Alors, _ 1575 toutes les étoiles, tu aimeras les regarder… Elles seront toutes tes amies. Et puis je vais te faire un cadeau…»

Il rit encore.

«Ah! petit bonhomme, petit bonhomme, j'aime entendre ce rire!   _ 1580

— Justement ce sera mon cadeau… ce sera comme pour l'eau…

— Que veux-tu dire?

— Les gens ont des étoiles qui ne sont pas les mêmes. Pour les uns, qui voyagent, les étoiles sont des guides. Pour d'autres _ 1585 elles ne sont rien que de petites lumières. Pour d'autres, qui sont savants, elles sont des problèmes. Pour mon businessman elles étaient de l'or. Mais toutes ces étoiles-là se taisent. Toi, tu auras des étoiles comme personne n'en a…

— Que veux-tu dire?   _ 1590

— Quand tu regarderas le ciel, la nuit, puisque j'habiterai dans l'une d'elles, puisque je rirai dans l'une d'elles, alors ce sera pour toi comme si riaient toutes les étoiles. Tu auras, toi, des étoiles qui savent rire!»

Et il rit encore.   _ 1595

«Et quand tu seras consolé (on se console toujours) tu seras content de m'avoir connu. Tu seras toujours mon ami. Tu auras envie de rire avec moi. Et tu ouvriras parfois ta fenêtre, comme ça, pour le plaisir… Et tes amis seront bien étonnés de te voir rire en regardant le ciel. Alors tu leur diras : "Oui, les étoiles, ça _ 1600 me fait toujours rire!" Et ils te croiront fou. Je t'aurai joué un bien vilain tour…»

Et il rit encore.

«Ce sera comme si je t'avais donné, au lieu d'étoiles, des tas de
1605 _ petits grelots qui savent rire…»

Et il rit encore. Puis il redevint sérieux :

«Cette nuit… tu sais… ne viens pas.

— Je ne te quitterai pas.

— J'aurai l'air d'avoir mal… j'aurai un peu l'air de mourir.
1610 _ C'est comme ça. Ne viens pas voir ça, ce n'est pas la peine…

— Je ne te quitterai pas.»

Mais il était soucieux.

«Je te dis ça… c'est à cause aussi du serpent. Il ne faut pas qu'il
te morde… Les serpents, c'est méchant. Ça peut mordre pour
1615 _ le plaisir…

— Je ne te quitterai pas.»

Mais quelque chose le rassura :

«C'est vrai qu'ils n'ont plus de venin pour la seconde mor-
sure…»

1620 _ Cette nuit-là je ne le vis pas se mettre en route. Il s'était évadé
sans bruit. Quand je réussis à le rejoindre il marchait décidé, d'un
pas rapide. Il me dit seulement :

«Ah! tu es là…»

Et il me prit par la main. Mais il se tourmenta encore :
1625 _ «Tu as eu tort. Tu auras de la peine. J'aurai l'air d'être mort et
ce ne sera pas vrai…»

Moi je me taisais.

«Tu comprends. C'est trop loin. Je ne peux pas emporter ce
corps-là. C'est trop lourd.»

Moi je me taisais. _ 1630

«Mais ce sera comme une vieille écorce abandonnée. Ce n'est pas triste les vieilles écorces…»

Moi je me taisais.

Il se découragea un peu. Mais il fit encore un effort :

«Ce sera gentil, tu sais. Moi aussi, je regarderai les étoiles. _ 1635 Toutes les étoiles seront des puits avec une poulie rouillée. Toutes les étoiles me verseront à boire…»

Moi je me taisais.

«Ce sera tellement amusant! Tu auras cinq cents millions de grelots, j'aurai cinq cents millions de fontaines…» _ 1640

Et il se tut aussi, parce qu'il pleurait…

«C'est là. Laisse-moi faire un pas tout seul.»

Et il s'assit parce qu'il avait peur. Il dit encore :

«Tu sais… ma fleur… j'en suis responsable! Et elle est tellement faible! Et elle est tellement naïve. Elle a quatre épines de
rien du tout pour la protéger contre le monde…»

Moi je m'assis parce que je ne pouvais plus me tenir debout.
Il dit :

«Voilà… C'est tout…»

Il hésita encore un peu, puis il se releva. Il fit un pas. Moi je ne
pouvais pas bouger.

Il n'y eut rien qu'un éclair jaune près de sa cheville. Il demeura un instant immobile. Il ne cria pas. Il tomba doucement comme tombe un arbre. Ça ne fit même pas de bruit, à cause du sable.

_ 1655

XXVII

Et maintenant bien sûr, ça fait six ans déjà… Je n'ai jamais encore raconté cette histoire. Les camarades qui m'ont revu ont été bien contents de me revoir vivant. J'étais triste mais je leur disais : «C'est la fatigue…»

Maintenant je me suis un peu consolé. C'est-à-dire… pas tout à fait. Mais je sais bien qu'il est revenu à sa planète, car, au lever du jour, je n'ai pas retrouvé son corps. Ce n'était pas un corps tellement lourd… Et j'aime la nuit écouter les étoiles. C'est comme cinq cents millions de grelots… _ 1660

Mais voilà qu'il se passe quelque chose d'extraordinaire. La muselière que j'ai dessinée pour le petit prince, j'ai oublié d'y ajouter la courroie de cuir ! Il n'aura jamais pu l'attacher au mouton. Alors je me demande : «Que s'est-il passé sur sa planète ? Peut-être bien que le mouton a mangé la fleur…» _ 1665

Tantôt je me dis : «Sûrement non ! Le petit prince enferme sa fleur toutes les nuits sous son globe de verre, et il surveille bien son mouton…» Alors je suis heureux. Et toutes les étoiles rient doucement. _ 1670

Tantôt je me dis : «On est distrait une fois ou l'autre, et ça suffit ! Il a oublié, un soir, le globe de verre, ou bien le mouton est _ 1675

Il tomba doucement comme tombe un arbre.

sorti sans bruit pendant la nuit…» Alors les grelots se changent tous en larmes!…

C'est là un bien grand mystère. Pour vous qui aimez aussi le petit prince, comme pour moi, rien de l'univers n'est semblable si quelque part, on ne sait où, un mouton que nous ne connais- _ 1680
sons pas a, oui ou non, mangé une rose…

Regardez le ciel. Demandez-vous : «Le mouton oui ou non a-t-il mangé la fleur?» Et vous verrez comme tout change…

Et aucune grande personne ne comprendra jamais que ça a tellement d'importance ! _ 1685

Ça c'est, pour moi, le plus beau et le plus triste paysage du monde. C'est le même paysage que celui de la page précédente, mais je l'ai dessiné une fois encore pour bien vous le montrer. C'est ici que le petit prince a apparu sur Terre, puis disparu.

_ 1690

Regardez attentivement ce paysage afin d'être sûrs de le reconnaître, si vous voyagez un jour en Afrique, dans le désert. Et, s'il vous arrive de passer par là, je vous en supplie, ne vous pressez pas, attendez un peu juste sous l'étoile ! Si alors un enfant vient à vous, s'il rit, s'il a des cheveux d'or, s'il ne répond pas quand on l'interroge, vous devinerez bien qui il est. Alors soyez gentils ! Ne me laissez pas tellement triste : écrivez-moi vite qu'il est revenu…

_ 1695

_ 1700

JE DÉCOUVRE

PAGE
94

NOUS AVONS
LA PAROLE

PAGE
148

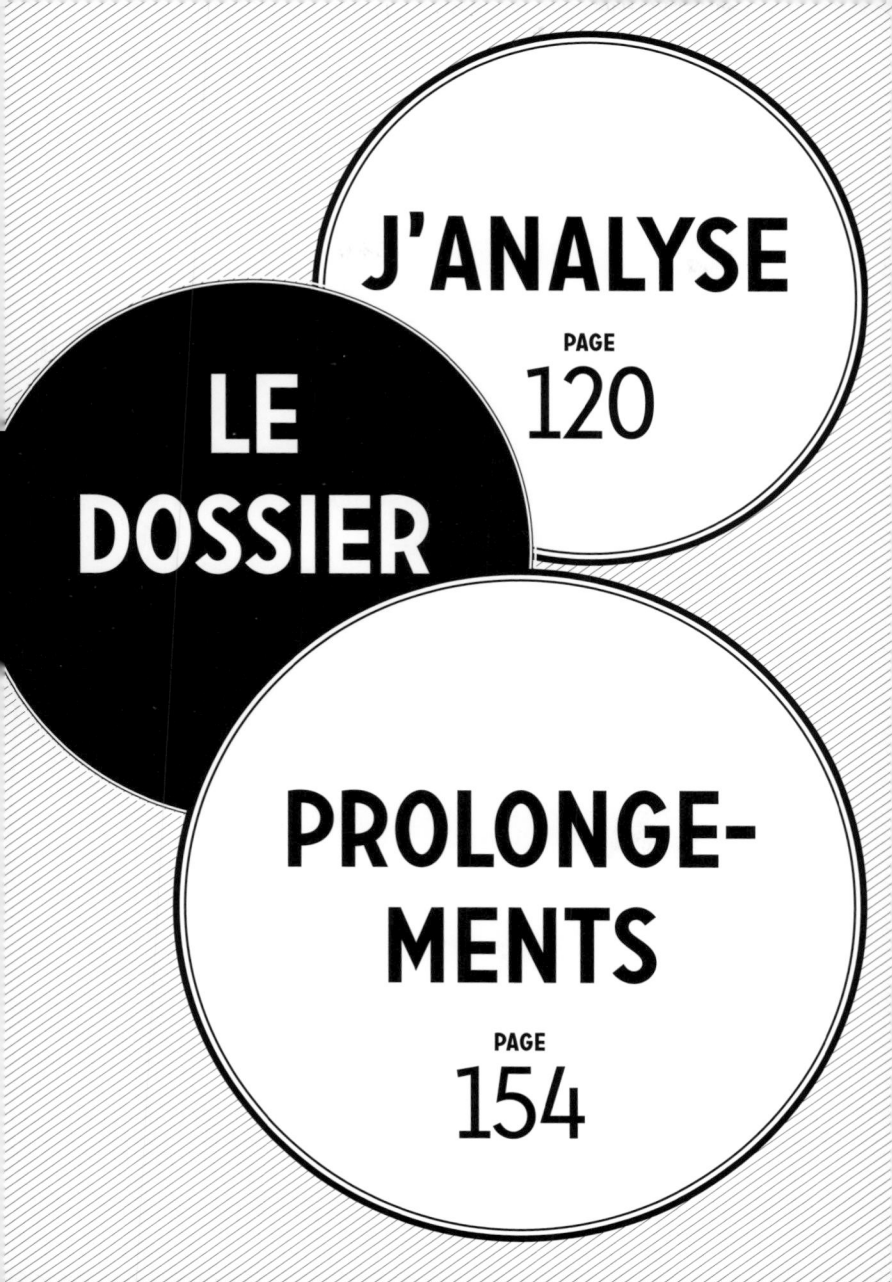

J'ANALYSE

PAGE
120

LE
DOSSIER

PROLONGE-
MENTS

PAGE
154

JE
DÉCOUVRE

Les personnages
du *Petit Prince*

LE VOYAGE DU PETIT PRINCE

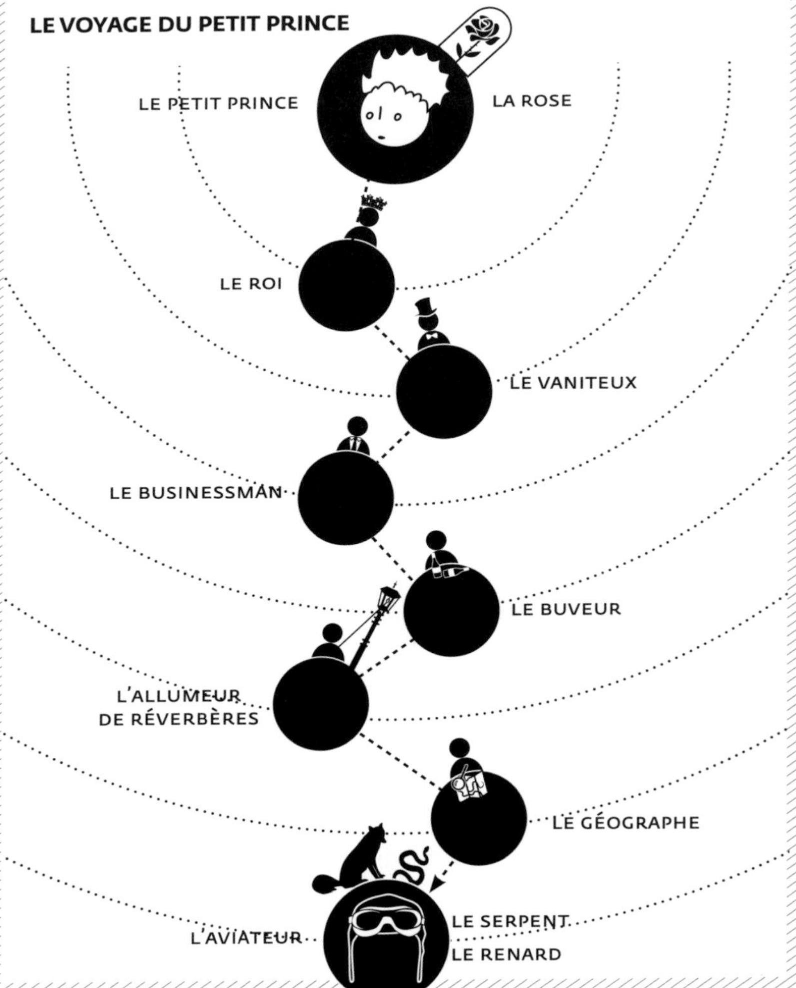

LE PETIT PRINCE

LA ROSE

LE ROI

LE VANITEUX

LE BUSINESSMAN

LE BUVEUR

L'ALLUMEUR
DE RÉVERBÈRES

LE GÉOGRAPHE

L'AVIATEUR

LE SERPENT

LE RENARD

L'UNIVERS DU PETIT PRINCE

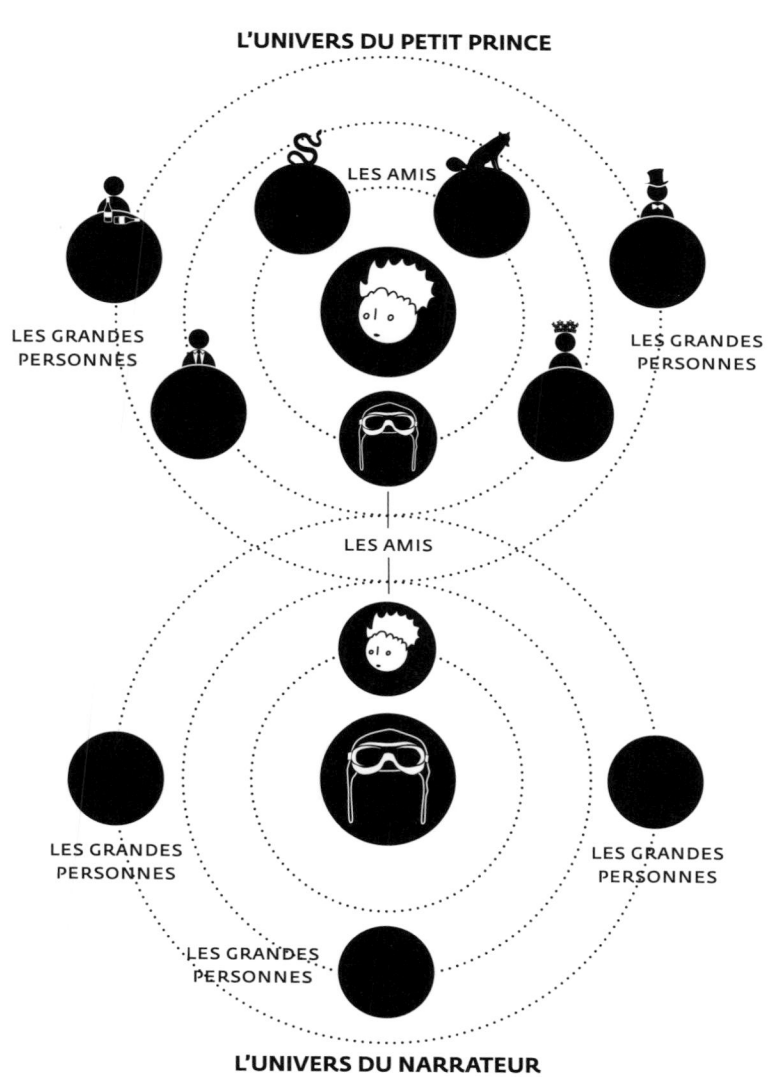

LES AMIS

LES GRANDES
PERSONNES

LES GRANDES
PERSONNES

LES AMIS

LES GRANDES
PERSONNES

LES GRANDES
PERSONNES

LES GRANDES
PERSONNES

L'UNIVERS DU NARRATEUR

Antoine de Saint-Exupéry raconté par son traducteur américain

J'ai traduit en anglais les principaux livres d'Antoine de Saint-Exupéry. Quand Tonio, comme l'appelaient certains, m'a parlé du projet d'écrire *Le Petit Prince*, en 1942, j'ai d'abord été surpris. Cela ne ressemblait pas à ses autres récits qui portaient toujours la marque de sa vie de pilote. Car avant tout, **Saint-Exupéry était un aviateur**. Il avait ce désir depuis longtemps. Il aurait voulu intégrer l'École navale, mais il était **entré aux Beaux-Arts**. S'il a toujours aimé dessiner en amateur, son vrai projet, c'était de voler. Alors il n'a pas été très assidu et a préféré apprendre à piloter dès qu'il a pu. Quand **il entre chez Latécoère, en 1926, c'est un rêve qui se réalise**. Il commence à fréquenter de grands noms de l'aviation, comme **Didier Daurat ou Jean Mermoz**. Ce rêve laissera des livres.

Il assure d'abord la **liaison Toulouse-Dakar**, au Sénégal. Puis, il tient l'aéroplace de **Cap Juby** dans le désert du sud du Maroc. Cette première expérience a inspiré *Courrier Sud*. À partir de 1929, il découvre **l'Amérique latine**. Il ouvre la ligne qui couvre **la Patagonie**, à l'extrême sud du continent. Alors le désert, il connaît, les volcans aussi. Entre ses vols, il vit à Buenos Aires, une grande ville bruyante qui lui déplaît. Dans ce nouvel environnement, il retrouve **une forme de solitude** dans laquelle naît *Vol de nuit*. Pourtant, tout n'est pas noir dans cette période, bien au contraire : il reçoit la Légion d'honneur pour les services rendus à Cap Juby ; il rencontre **sa femme, Consuelo** ; ses livres ont du succès et *Vol de nuit* est très vite adapté au cinéma, avec l'acteur Clark Gable, une star de l'époque.

Quand **la compagnie ferme en 1933**, il continue à voler mais de façon moins régulière. Et il écrit de plus en plus. La **rédaction d'articles de**

presse devient une activité importante. L'URSS de Staline, la guerre d'Espagne sont des sujets incroyables pour un écrivain attentif au monde. Il marche ainsi sur les pas de **Joseph Kessel ou d'Ernest Hemingway**. En 1935, il fait lui-même le récit dans plusieurs articles de **son accident dans le désert libyen**, où tout le monde l'avait cru mort. Il le racontera aussi dans *Terre des hommes* en 1939 alors qu'il est en **convalescence à New York**, après un autre accident d'avion, cette fois en Amérique centrale.

Et puis vient la guerre, **la défaite française en 1940** et son **exil à New York**, encore une fois. Là, il retrouve la solitude, qu'il avait déjà ressentie en Argentine, qu'il ressentira un peu partout. Pourtant il n'était pas seul : sa femme Consuelo, son ami Mermoz, et bien d'autres étaient très présents dans sa vie. Ce que j'ai fini par comprendre, en revanche, c'est qu'**il était resté en partie dans le monde de son enfance**, quand il vivait avec sa mère dans les châteaux de La Môle ou de Saint-Maurice, entouré de **ses trois sœurs et de son frère**. Et surtout, il y a eu le vide, énorme, ressenti à la **mort de son petit frère en 1917** et qui l'avait laissé renfermé sur lui-même.

Je n'ai pas eu l'occasion de traduire *Le Petit Prince*, je venais d'être victime, moi aussi, d'un accident d'avion quand il a été publié. C'est bien ma chance : l'ouvrage le plus traduit au monde ! Saint-Ex, lui, n'a pas pu voir le succès de son livre. Il est parti, pour rejoindre l'Europe en guerre, avec un exemplaire offert par son éditeur, et c'est peu après, en 1944, que **son avion a disparu en mer Méditerranée**. Il avait quarante-quatre ans.

Le vrai/faux

- *Saint-Exupéry est un dessinateur dans l'âme.*
- *Il choisit d'être aviateur pour découvrir les grandes villes du monde.*
- *Il a vécu très entouré et pourtant assez seul.*

Retour dans le passé : le lecteur contemporain du *Petit Prince*

Dans les années 1940, un lecteur de romans voit apparaître depuis quelques années des œuvres qui cherchent à faire partager une expérience presque directe de la réalité. La plupart des écrivains ont connu **le grand traumatisme de la Première Guerre mondiale**. Ils la racontent, comme Céline dans *Voyage au bout de la nuit*, ou Jean Giono, dans *Le Grand Troupeau*. Elle marque leurs œuvres qui s'efforcent de comprendre la nature humaine. À côté de grandes fictions, comme les romans d'Aragon qui décrivent avec un regard très politique la société, des auteurs comme André Malraux ou Antoine de Saint-Exupéry font de **leurs expériences vécues des sujets de récit**, à la manière des **grands journalistes**. Ce n'est d'ailleurs pas un hasard si un des héros populaires de cette époque, Tintin, est un reporter !

La littérature, comme les autres arts, se fait alors **largement l'écho des inquiétudes que l'on peut ressentir dans la société** à la veille de la Seconde Guerre mondiale. *L'Espoir* de Malraux ou *La Nausée* de Jean-Paul Sartre traduisent, dès leurs titres, l'agitation et les émotions qui traversent la société. **La montée des fascismes en Europe** (Mussolini est au pouvoir depuis 1922 en Italie, Hitler depuis 1933 en Allemagne, la guerre civile en Espagne met Franco à la tête du pays en 1939) conduit les artistes à **observer la politique et le pouvoir**. Au théâtre, *La Reine morte* d'Henry de Montherlant (1942) ou *La guerre de Troie n'aura pas lieu* de Jean Giraudoux (1935) mettent en scène des figures royales désemparées. Après la défaite française devant les troupes allemandes en 1940, le travail de l'écrivain est souvent empêché par **l'occupation allemande**. Certains s'exilent, d'autres se cachent, tous sont concernés par **la censure** qui leur fait parfois déguiser leur vision de l'actualité derrière la mythologie (par exemple, dans *Antigone* de Jean Anouilh en 1944) ou la science-fiction (comme avec *Ravage* de René Barjavel, en 1943). Avant que le lecteur voie bientôt surgir, notamment au théâtre, **l'absurde comme manière de décrire la réalité** (*La Cantatrice chauve* d'Eugène Ionesco en 1950 ; *En attendant Godot* de Samuel Beckett en 1953), les années 1940 sont aussi l'époque où **l'humour et l'enfance** permettent à des auteurs, comme Marcel Aymé dans les *Contes du Chat perché* ou *Le Passe-Muraille*, de donner une **vision de la société et du monde**. Transporter le lecteur dans un ailleurs devient un moyen de le faire réfléchir sur son présent.

En outre, à cette époque, **le monde de l'enfance est un monde à part**. La notion d'adolescence, qui marque une transition entre l'enfance et l'âge adulte, n'existe pas encore. Elle apparaîtra dans les années 1960 sous l'influence de la culture américaine qui parle de *teenagers*. Les enfants sont surtout perçus comme devant être éduqués, élevés, voire instruits, et leurs sentiments propres, **leur vie psychologique n'est pas un objet de réflexion**. Même si les figures d'enfants dans la littérature sont nombreuses – Gavroche dans *Les Misérables* de Victor Hugo, Tom Sawyer, le petit aventurier de Mark Twain, la jeune Alice de Lewis Carroll –, elles ont surtout en commun de faire réfléchir les adultes sur leur propre comportement. Il existe certes, depuis les **années 1900-1930**, **des expériences éducatives** qui cherchent à favoriser les talents propres de l'enfant : **Rudolf Steiner** propose une pédagogie teintée d'une vision mystique, fondée sur la créativité et les capacités artistiques des enfants ; **Maria Montessori** imagine, elle, une méthode pédagogique reposant sur l'intelligence sensorielle de l'enfant. Tous deux sont à l'origine d'écoles qui existent encore aujourd'hui. Il faudra néanmoins attendre des travaux comme ceux de **Françoise Dolto dans les années 1970**, et l'idée majeure que « l'enfant est une personne », pour que le regard porté sur lui, sur son univers mental soit modifié.

Le vrai/faux

- *Le petit prince est un héritier des figures d'enfant de la littérature.*
- *Dans Le Petit Prince, Saint-Exupéry contribue à diffuser un regard nouveau sur l'enfance.*
- *De tout temps, il y a eu des œuvres littéraires pour parler aux jeunes lecteurs de leur enfance.*

Ce qu'il s'est passé au moment de la création du *Petit Prince*

03 06 1906 · · · · **1914** · · · **14 18 1918** · · · **1919** · · · **1926** · · · **1929** · · · **33 38 1938** · · · · · · · · · ·

Premier vol commercial aux États-Unis.

Entrée aux Beaux-Arts d'Antoine de Saint-Exupéry.

Publication de *Courrier Sud*.

Premiers vols motorisés.

Première Guerre mondiale.

Saint-Exupéry devient aviateur à l'aéropostale.

Articles sur l'URSS de Staline, la guerre d'Espagne.

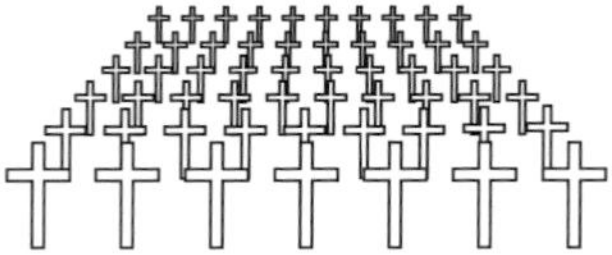

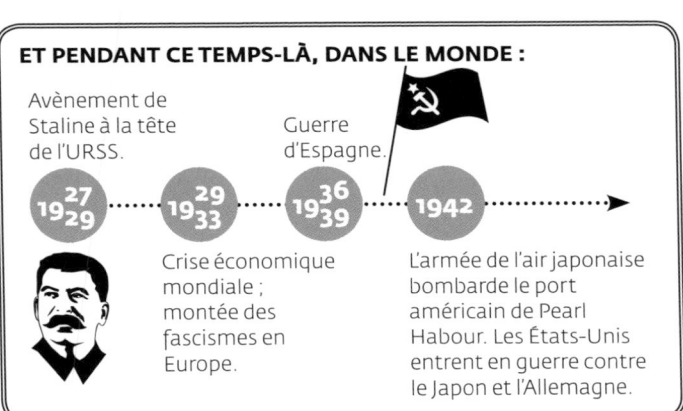

ET PENDANT CE TEMPS-LÀ, DANS LE MONDE :

Avènement de Staline à la tête de l'URSS.

19/27/29

Guerre d'Espagne.

19/29/33

19/36/39

1942

Crise économique mondiale ; montée des fascismes en Europe.

L'armée de l'air japonaise bombarde le port américain de Pearl Habour. Les États-Unis entrent en guerre contre le Japon et l'Allemagne.

Début de la Seconde Guerre mondiale.

Disparition de Saint-Exupéry.

Parution du Petit Prince en France.

Le Petit Prince

1939 ···· **1940** ···· **1944** ···· **1945** ···· **1946** ···· **1958** ···········

Défaite des armées françaises face à l'Allemagne.

Victoire des Alliés sur l'Allemagne nazie.

Le général de Gaulle est élu président de la République.

ASTUCE

Le Petit Prince est un des livres les plus lus et les plus traduits au xxe siècle. Il est paru en 1946. Pour s'en souvenir, on peut se dire que 1+9 = 10, 4+6 = 10, la somme des deux fait 20, comme le siècle où il a été écrit.

Les origines et la postérité du *Petit Prince*

Des sources profondes

Avant d'être le héros du récit célèbre que l'on connaît, le petit prince est d'abord **un personnage que Saint-Exupéry dessine régulièrement**. Ses proches le voient apparaître sur ses courriers personnels, sur des carnets, sur un papier griffonné pour tromper l'ennui. Si l'accident d'avion dans le désert libyen, la disparition de son frère en 1917, ou encore l'intensité de l'amitié, comme celle qu'il partage avec Léon Werth, habitent l'auteur depuis toujours, son personnage ne devient une figure de récit que lorsque Eugène Reynal, son **éditeur américain**, l'invite à lui **livrer un conte de Noël** en 1942. L'écriture sera finalement assez longue et sans doute Saint-Exupéry s'est-il souvenu d'œuvres récentes comme *Patachou, petit garçon* de Tristan Derème (1929) ou encore *Mary Poppins* (1934). Rudyard Kipling, Lewis Carroll et bien entendu Charles Perrault ou encore Andersen ont pu servir d'appui au travail de l'auteur pour proposer à son éditeur le conte qu'il attendait. On retrouve en tout cas dans *Le Petit Prince* des **traces de ces œuvres du patrimoine littéraire** qui ont pu bercer l'enfance d'Antoine.

Oublier l'exil

Est-ce précisément pour **retrouver son enfance**, pour recréer l'univers qui lui manquait tant, qu'il imagine ce récit ? En tout cas, c'est au cours de son exil américain que naît *Le Petit Prince*. Après la défaite française contre l'Allemagne, Saint-Exupéry **se réfugie à New York**, une ville qu'il n'aime pas. Il s'y sent seul. Ses amis, dont l'un des plus proches, Léon Werth, sont restés en France sous occupation allemande. Est-ce pour **s'évader de cet exil**, comme le petit prince « s'évade » de sa planète solitaire, que Saint-Exupéry s'investit tant dans l'écriture de ce livre ? Certains le pensent. D'autres disent qu'il donne à travers ce conte une vision non seulement de l'amitié, mais aussi du **monde des adultes** qui est en train de se détruire, faute de fraternité. S'il n'est pas nécessaire de chercher à expliquer précisément la naissance du *Petit Prince*, il est certain que **l'isolement de l'auteur aux États-Unis** a beaucoup joué dans son écriture.

Une étoile dans le ciel littéraire

Le Petit Prince n'est ni le premier ni le seul livre de Saint-Exupéry. Avant lui, *Courrier Sud* ou *Vol de nuit* avaient connu un franc succès. Et déjà, dans les années 1930, des adaptations cinématographiques avaient confirmé la célébrité et le succès de leur auteur. Mais l'on se souvient surtout du *Petit Prince*, qui est l'un des livres les plus traduits dans le monde. Il a laissé **dans la mémoire de chacun des formules célèbres** : « Dessine-moi un mouton », « On ne voit bien qu'avec le cœur ». Essayez, vous verrez que de nombreuses grandes personnes se souviennent bien de ces mots lus dans leur enfance. À côté des **nombreuses adaptations au cinéma, en dessin animé**, voire en comédie musicale, *Le Petit Prince* a aussi été **repris en 2008 en bande dessinée** par Joann Sfar. Il faut dire que le public n'a pas été marqué que par le texte, mais aussi par les dessins de Saint-Exupéry. Dans les années 1990, on retrouvait même, en France, **le personnage sur le billet de cinquante francs** !

Les mots ont une histoire

Sciences et techniques

Aquarelle : formée sur *aqua*, l'« eau » en latin, l'aquarelle est une technique de peinture dans laquelle le dessin est important, puisque les couleurs, délayées dans l'eau, sont plus pâles. Une aquarelle est aussi le résultat de cette technique et donc l'image produite. Ses teintes douces et claires font que l'aquarelle est souvent utilisée pour illustrer les livres pour enfants. Elle ne cherche d'ailleurs pas à reproduire la palette du monde réel et peut ainsi évoquer le rêve ou le merveilleux.

Astéroïde : le mot existait déjà en grec, auquel nous l'avons emprunté, *asteroeidês*, « petite planète ». Il est formé sur *aster*, l'« étoile ». Un astéroïde est ainsi, dans le monde lointain des étoiles, une planète qui a la caractéristique d'être petite. Le suffixe –oïde ne signifie pas « petit », il sert généralement à dire la ressemblance. Un astéroïde est une planète en forme d'étoile. Il y a donc quelque chose de poétique dans ce nom et ce n'est sans doute pas par hasard si Saint-Exupéry a choisi de faire venir le petit prince d'un astéroïde plutôt que d'une véritable planète.

Astronome : construit comme **astronomie** ou **astrologie** sur le latin *aster*, emprunté au grec, l'« astronome » désigne le spécialiste de l'observation et de l'étude des étoiles. Il ne faut pas le confondre avec **l'astrologue**, qui tente de prévoir l'avenir en fonction des étoiles. **L'astronaute**, lui, est un pilote (*nautês*, en grec) qui voyage hors de la Terre. Est-ce que Saint-Exupéry rêvait d'être astronaute ? Quand il écrit *Le Petit Prince* le mot existe déjà, mais pas la technologie qui permet de tels voyages.

Étoile : le mot vient du latin *stella*, qui signifie déjà l'« étoile », et coexiste avec le mot *aster* qui nous a donné «astre». En français comme en latin, l'étoile est un nom moins scientifique qu'astre, que les Romains empruntent au grec. Il renvoie, dans le langage courant, au caractère brillant, rayonnant, alors qu'astre désigne plus concrètement tout élément (planète, soleil, lune) présent dans le ciel. Au mot «étoile» est aussi et surtout associée une forme, ce qui n'est pas le cas pour «astre». Que pourrait dessiner l'aviateur, si le petit prince lui demandait un «astre de mer»?

Mille : ancienne mesure de distance, un mille correspond à mille pas. Encore utilisée en Grande-Bretagne ou aux États-Unis (*mile*), cette unité de mesure renvoie aussi à la navigation : on parle de **mille nautique**, en mer. Strict équivalent de **kilo** (*kilio* en grec veut dire «mille»), le mille a été remplacé aujourd'hui par le **kilomètre** (1 000 mètres). L'on a également pris au grec le mot **myriade** (*myrioi*, «dix mille») qui renvoie à un très grand nombre, à peine comptable, et qui s'utilise d'ailleurs pour parler du ciel : on dit «une myriade d'étoiles». Le jeu de mots «mille milles» est aussi un jeu orthographique : **le nombre mille** est invariable, puisqu'il vient du latin *milia*, qui est déjà un pluriel, alors que l'unité de mesure, **un mille**, est un nom commun qui peut se mettre au pluriel.

Universel : qui concerne tout, qui s'applique à tout. Issu de l'adjectif latin *universalis* (le nom d'une célèbre encyclopédie), «universel» a pour racine *universum*, c'est-à-dire l'«ensemble des choses», qui a donné le mot «**univers**», alors que le grec *kosmos*, qui a donné «**cosmos**», veut dire le «monde». On retrouve dans *universum* à la fois le mot *unus*, «un», et *versus*, «tourné vers». Construit sur la même racine, l'«**unique**» signifie presque le contraire : ce qui n'existe qu'une seule fois, en un seul exemplaire. L'univers, ce serait ainsi l'ensemble des choses que l'on a face à soi quand on prend soin de les regarder.

États d'âme et états d'esprit

<u>Admirer</u> : estimer supérieurement beau ou grand. À l'origine, *admirari* en latin, c'est «s'étonner», mais on retrouve dans ce verbe la racine *mirare* qui renvoie au regard, comme dans *mirar* en espagnol. C'est sur cette même racine qu'est formé le mot **merveille** (*mirabilia* en latin). Le **merveilleux**, **l'émerveillement**, c'est ce qui étonne, c'est la capacité à se laisser surprendre. À l'époque de Saint-Exupéry, «admirer» n'a plus depuis longtemps le sens d'«être étonné». Il y a du moins dans ce verbe quelque chose qui engage le regard, mais un regard ébloui, qui n'est pas objectif. Est-ce que «admirer» serait voir l'essentiel ? Il faudrait demander cela au renard !

<u>Louange</u> : compliment, témoignage d'admiration. Ce nom, assez ancien, vient du verbe *laudare* qui, en latin, signifie plus que faire un compliment. C'est donner de la gloire à quelqu'un. Le mot a même à l'époque une dimension religieuse, c'est pour cela que l'on parle d'**éloge funèbre**, qui est à l'origine une sorte de prière pour accompagner un mort. On rencontre parfois l'adjectif **laudatif**, contraire de **péjoratif**, qui signifie «valorisant». Si dans *Le Petit Prince*, «les vaniteux n'entendent jamais que les louanges», c'est donc vraiment exagéré.

<u>Mélancolie</u> : état de tristesse profonde. Le mot est d'abord un terme médical formé sur le grec *melan*, «noir» – comme dans le prénom «Mélanie» –, et *cholia*, la «bile». Du Moyen Âge jusqu'au XIXe siècle, les médecins associaient, en effet, la **dépression** à une surabondance de certaines substances, les **humeurs**. Avoir la bile noire, la mélancolie, c'était, et c'est toujours, déprimer. Idée que l'on retrouve d'ailleurs dans «avoir des idées noires». La mélancolie, que ressent souvent Saint-Exupéry, est dans son sens originel tout le contraire du blond lumineux qu'apporte le petit prince !

<u>Rêve</u> : ensemble d'images qui occupent l'esprit pendant le sommeil, «rêve» est lié dans son origine à une forme du mot «**évasion**», ainsi qu'à l'idée d'une perte des sens et de la raison. Rêver a aujourd'hui aussi le sens de penser à un idéal, accessible ou non, alors qu'à l'origine c'est un synonyme de «**délirer**». Dans tous les cas, le rêve est un ailleurs. C'est une façon de se transporter hors de la réalité, dans un sens positif (voyage agréable par l'esprit, vœux non encore réalisés) ou négatif (perte du lien avec le réel). C'est pourquoi un **rêveur** est un étourdi un peu poète, mais sympathique, tandis que **rêvasser** signifie plutôt : se perdre, assez inutilement, dans ses distractions, dans ses pensées. On voit que c'est une question de point de vue, et il n'est peut-être pas étonnant que ce soient les grandes personnes qui reprochent parfois aux enfants de rêver plutôt que de travailler.

Vaniteux : prétentieux, satisfait de lui-même. La **vanité**, comme l'adjectif **vain**, vient du latin *vanus*, «vide, inutile». L'image est intéressante : le vaniteux est rempli de lui-même parce que en réalité il est comme vide. C'est donc un mot très négatif dès l'origine qui dit que l'on est fier sans raison et qui renvoie à un jeu sur les apparences. À l'inverse, l'**orgueil**, qui vient d'un mot allemand voulant dire «fierté», n'a pas toujours été négatif. Il désignait d'abord la valeur de quelqu'un avant qu'un **orgueilleux** ne devienne une personne qui a une opinion exagérée de ses qualités. Dans les deux cas, c'est un défaut qui fait que l'on a trop d'**amour-propre**, c'est-à-dire trop d'amour pour soi-même au lieu d'en avoir pour les autres.

Pour parler de la vie et de la société

Absurde : qui n'a pas de sens, fou. L'adjectif vient du latin *absurdus*, «dissonant», lui-même construit sur *surdus*, «inaudible». Ce qui est absurde, c'est ce qui ne correspond pas à la logique, qui semble contraire à la raison. Le lien avec l'ouïe se comprend si l'on pense que ce qui est absurde, c'est ce qui ne sonne pas comme le reste, ce qui n'est pas dans le ton. Pour autant, l'absurde, c'est aussi en littérature une façon de montrer une réalité bousculée, ne suivant pas la logique attendue, comme dans *Les Aventures d'Alice au pays des merveilles*. Alors peut-être que l'absurde n'est pas une affaire d'ouïe, mais de vision des choses !

Apprivoiser : domestiquer, habituer à quelque chose. Ce verbe est construit sur les mots latins *ad*, « vers », et *privatus*, « privé ». Apprivoiser un animal, c'est d'abord le faire venir vers nous pour qu'il appartienne à la maison (*domus* en latin), pour le **domestiquer** donc. Au fil du temps, le mot prend le sens d'« habituer à quelque chose », de « **familiariser** ». On retrouve ainsi l'idée d'inclure dans un espace proche. Le renard ne se trompe donc pas du tout en définissant ce verbe par « créer des liens ». Il est simplement amusant et touchant de penser que c'est un animal, sauvage et non domestique, qui explique tout cela à un humain.

Enfance : période de la vie de la naissance à l'âge de dix-douze ans. En latin, l'*infans* est celui qui « ne parle pas » (*in-* préfixe négatif et *fari*, « parler »). Cela correspond bien peu au petit prince ! Les Romains délimitent ainsi l'enfance de la naissance à l'âge de sept ans. On a gardé le souvenir de cette vision des choses en parlant de « **l'âge de raison** » pour l'âge de sept ans. C'est le moment des apprentissages de plus en plus sérieux : la lecture, la géographie, l'histoire, les mathématiques. Avant, on a un comportement **enfantin**, c'est-à-dire simple et même pas encore construit. Cela montre que pendant longtemps l'enfant est vu comme un adulte en miniature, qui ne devient quelqu'un que quand il commence à faire des choses de grandes personnes. Ce n'est que dans les années 1950-1960 que l'on parle d'**adolescents** (en latin, *adulescens* est celui qui est en train de grandir) pour les treize-dix-huit ans, puis de « **jeunes** » à la fin du xxe siècle. Ces mots nouveaux correspondent à un regard différent sur l'enfance, qui est de plus en plus valorisée. On qualifie même aujourd'hui d'« **adulescents** » les adultes qui ont gardé un comportement **juvénile**. Mais Saint-Exupéry n'était pas un adulescent : garder une « **âme d'enfant** », cela signifie, encore maintenant, être sensible à la rêverie, à l'émerveillement.

Éphémère : qui ne dure pas. L'adjectif vient du grec, comme l'indique son orthographe. *Epi*, « pendant », et *hêmera*, « jour », forment donc un mot qui signifie « qui ne dure qu'un jour ». Si le petit prince apprend, avec tristesse, que sa rose est éphémère, il aurait pu aussi faire remarquer au géographe qu'il ne donne pas une très bonne définition du mot ! Et parce qu'il vit peu de temps, on a donné à un insecte le nom d'éphémère.

Essentiel : important, indispensable. Le mot est construit sur le verbe latin *esse*, « être ». L'**essence** de quelque chose, c'est sa nature profonde, ce qui le définit. L'adjectif « essentiel » renvoie donc d'abord à ce que l'on est, à ce qui nous définit. Progressivement, le mot glisse vers le sens de « **nécessaire** », c'est-à-dire ce qui ne peut pas ne pas être, contrairement à « **accessoire** », « secondaire » ; comme on parle dans la mode d'« accessoires » pour les objets qui complètent une tenue. L'essentiel dont parle le renard, ce n'est donc pas seulement ce qui est important, c'est aussi ce qui est **profond**, au-delà des apparences, des accessoires. Si l'essence renvoie aussi au fuel, tiré du pétrole, c'est qu'on parle d'« essence » pour désigner une substance naturelle, et même l'espèce d'un **arbre**. Les « huiles essentielles » ne sont pas des huiles importantes mais tirées de substances naturelles ; le baobab, comme l'érable ou le chêne, est une **essence de bois**.

Monarque : au sens étymologique, le monarque est le seul (*monos* en grec) à commander (*arkhein* en grec). La **monarchie** est donc une forme de régime politique dans lequel un roi exerce le pouvoir, exerce sa **royauté**. C'est un régime où le pouvoir est héréditaire : du roi, il passe au **prince**, c'est-à-dire le premier (*princeps* en latin) de ses enfants. Néanmoins le prince, au sens de « premier des sujets du royaume », est parfois un **souverain**, notamment dans les États appelés « **principautés** », comme aujourd'hui le Liechtenstein ou Monaco. Mais alors, sur quoi règne notre petit prince puisqu'il n'est pas un monarque ? Sur son astéroïde ? Sur le cœur du narrateur ? Au fil du temps, le mot « prince » a pris le sens de « grand personnage », généreux et de première importance. On dit ainsi de quelqu'un qui a une âme généreuse qu'il est « **bon prince** ». Notre personnage serait donc « petit » car il est un enfant mais « prince » par sa grande valeur ?

Exercices

LE MOT «VOIR»

1. Que comprenez-vous dans la formule «On ne voit bien qu'avec le cœur»? Quel est le sens ici du verbe «voir»?
2. Proposez sous forme de schéma, éventuellement à plusieurs, tous les sens possibles que peut prendre ce verbe.
3. Quelle différence de sens pouvez-vous identifier entre «voir» avec un objet ou une personne comme complément et «voir» sans aucun complément?

Pour aller plus loin :

Voici plusieurs sens possibles du verbe «voir» (page ci-contre).

4. Avez-vous remarqué que «voici», comme «voilà», viennent du verbe «voir»? Quel sens cela leur donne-t-il?
5. Quel sens du verbe «voir» faut-il sélectionner pour comprendre la formule «On ne voit bien qu'avec le cœur»?
6. Choisissez un autre verbe du *Petit Prince* qui a lui aussi de nombreux sens et tentez de proposer un schéma qui expose ces différentes significations.

LA POLYSÉMIE

Quand un mot a plusieurs sens, on dit qu'il est «**polysémique**». Polysémie vient de deux mots grecs : *poly*, «plusieurs», et *sêmainein*, «signifier». Ce mot savant désigne en fait un phénomène simple que l'on constate avec de très nombreux mots fréquents. Par exemple, un jeu est à la fois :

– une activité pour s'amuser («la balle au prisonnier» est un jeu de cour de récréation),

– un tournoi sportif (comme dans «les jeux Olympiques»),

– un objet pour jouer (les cartes servent comme «jeu de société»),

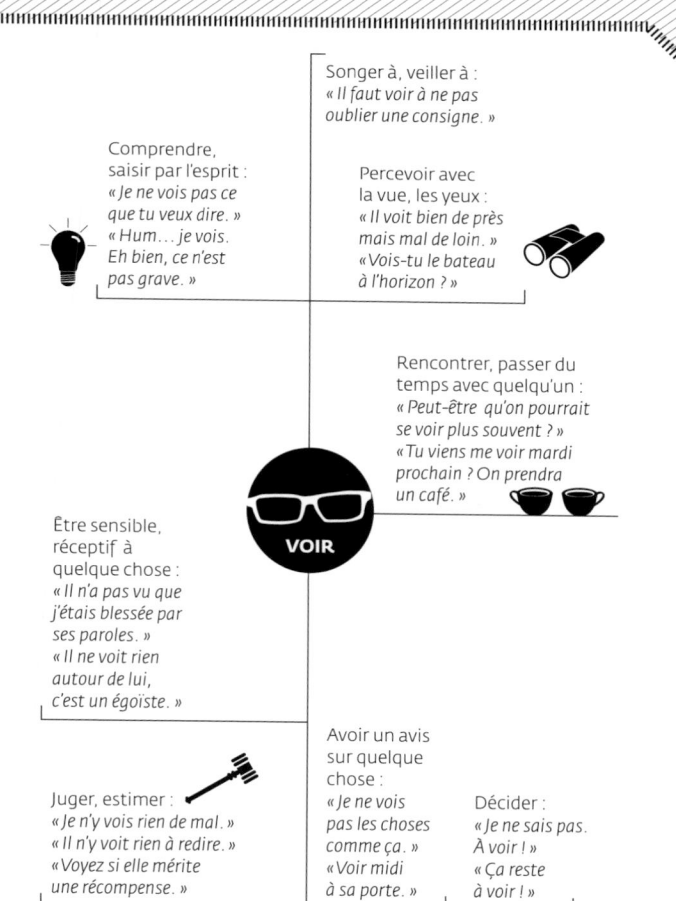

Songer à, veiller à :
« Il faut voir à ne pas oublier une consigne. »

Comprendre, saisir par l'esprit :
« Je ne vois pas ce que tu veux dire. »
« Hum… je vois. Eh bien, ce n'est pas grave. »

Percevoir avec la vue, les yeux :
« Il voit bien de près mais mal de loin. »
« Vois-tu le bateau à l'horizon ? »

Rencontrer, passer du temps avec quelqu'un :
« Peut-être qu'on pourrait se voir plus souvent ? »
« Tu viens me voir mardi prochain ? On prendra un café. »

VOIR

Être sensible, réceptif à quelque chose :
« Il n'a pas vu que j'étais blessée par ses paroles. »
« Il ne voit rien autour de lui, c'est un égoïste. »

Juger, estimer :
« Je n'y vois rien de mal. »
« Il n'y voit rien à redire. »
« Voyez si elle mérite une récompense. »

Avoir un avis sur quelque chose :
« Je ne vois pas les choses comme ça. »
« Voir midi à sa porte. »

Décider :
« Je ne sais pas. À voir ! »
« Ça reste à voir ! »

– ou encore une manière de faire (on parle du « jeu d'un acteur » au théâtre pour son interprétation d'un rôle).

Des mots comme « bois », « ombre », « vie » ont de la même manière plusieurs sens. Parfois, la polysémie vient de l'emploi d'un mot à la fois au **sens propre** et au **sens figuré**. Quand on dit que quelqu'un a le « cœur gros », cela signifie qu'il est triste, c'est le sens figuré de « cœur » comme lieu des sentiments ; cela ne veut pas dire qu'il a un cœur plus gros que les autres. Dans certains cas, la polysémie est liée à l'**histoire du mot** qui a fini, au fil du temps, par désigner plusieurs objets différents. Ainsi, une lettre est d'abord un signe de l'alphabet, puis par extension le texte que l'on écrit avec et que l'on envoie à quelqu'un.

Cela explique en partie pourquoi les **mots savants** sont moins souvent polysémiques : ils ont été construits pour désigner un élément, un phéno-mène, une idée précise. Avez-vous remarqué que le mot « polysémie » n'a qu'un sens d'ailleurs ? Un astéroïde, un businessman, l'aéropostale, sont ainsi des mots construits volontairement et qui n'ont pas (encore) évolué vers plusieurs sens.

Si l'on pense à un mot en apparence simple comme « livre », il s'agit en fait de deux mots possibles : le livre qu'on lit et la livre qui représente un demi-kilogramme. Ici ce sont des mots qui ne viennent pas de la même **racine** (*liber*, « le livre » en latin et *libra*, « objet qui sert à peser », toujours en latin). On appelle cet autre phénomène l'**homonymie** : la ressem-blance entre deux mots qui en vérité ne sont pas identiques. On retrouve cela avec les deux verbes « louer » : adresser une louange vient du latin *laudare* ; payer un loyer vient du latin *locare*.

Les mots jouent donc bien souvent avec nous et sur les apparences, mais ce n'est pas méchant, c'est avant tout un signe de leur grande richesse, il faut juste faire l'effort de le voir, et cela n'est pas toujours pos-sible avec l'orthographe, c'est-à-dire avec les yeux !

> ### Exercice
>
> **Parmi les mots suivants, lesquels sont polysémiques ?**
> amitié – louange – étoile – livre – vrai – rêve – voyage – mouton – rose – dessin – muselière – serpent – rire.

Les noms propres sont porteurs de sens

Les principaux personnages du *Petit Prince* peuvent correspondre aux figures que l'on s'attend à trouver dans un conte. Mais ils ont de quoi surprendre le lecteur de contes! L'avez-vous remarqué?

Le renard : dans les textes que vous avez lus jusqu'ici, le renard incarne le plus souvent la ruse. Il est célèbre depuis le *Roman de Renart* qui, au Moyen Âge, racontait les aventures et surtout les mauvais tours d'un goupil (ancien nom du renard justement jusqu'au succès de cette œuvre). Déjà dans les fables de l'Antiquité puis dans celles de La Fontaine, cet animal est le symbole du personnage qui utilise son intelligence et joue des tours aux autres pour arriver à ses fins. Même dans les contes, comme *Roule galette* de Natha Caputo, on retrouve son esprit malin, dans tous les sens du terme. Ici, l'originalité du renard est donc d'être malin, mais au sens de sage. Il dispense la leçon la plus importante au petit prince et son rôle n'est pas de le tromper mais, bien au contraire, de lui apporter une part de vérité. Avez-vous noté que le renard utilise la négation «ne… point»? Cette tournure un peu vieillie est sans doute un clin d'œil aux fables dont est issu le renard.

Le serpent : moins fréquent dans les fables et les contes, le serpent est une figure tout aussi populaire que le renard ou le loup et il a une réputation assez négative dans la littérature. Dans de nombreux mythes, il apparaît comme une bête liée au mal. Dans la Bible, notamment, il est celui qui pousse Ève à croquer le fruit de l'arbre de la Connaissance, ce qui va entraîner l'expulsion d'Adam et Ève du jardin d'Éden. Mais on le retrouve dans certains récits lus par les enfants, comme *Le Livre de la jungle* de Kipling. Saint-Exupéry reprend cette figure dans un tout autre sens puisque le serpent aide le petit prince. Il n'est pas un obstacle ou un symbole du mal comme dans d'autres récits.

La rose : dans la littérature du Moyen Âge puis dans la poésie à partir du XVIe siècle, la rose est un symbole positif. Elle incarne la beauté et l'amour, et elle est donc le plus souvent utilisée comme image pour évoquer une jeune fille, d'autant que son nom est aussi un prénom féminin. Dans *Le Petit Prince*, on peut penser également que la rose, comme personnage, renvoie à une jeune fille, mais elle est d'abord une vraie fleur : elle a besoin d'être arrosée, on parle de ses épines, elle doit être protégée contre le vent. Et surtout, elle cause de la peine au petit prince qui se sent responsable d'elle. D'une figure poétique et agréable, Saint-Exupéry fait donc un élément plus inquiétant.

Le petit prince : si l'on trouve dans les contes de nombreux rois ou empereurs, parfois jeunes comme dans *Le Costume neuf de l'empereur* du Danois Andersen, le nom « petit prince » rappelle d'autres personnages de contes. On peut penser bien sûr au Petit Poucet ou au Petit Chaperon rouge de Charles Perrault, ou encore à la Petite Sirène d'Andersen. Son univers jouant avec l'absurde le rapproche des *Aventures d'Alice au pays des merveilles* de l'Anglais Lewis Carroll. De même, les voyages et les aventures d'un enfant étaient déjà le thème du roman *Tom Sawyer* de l'Américain Mark Twain. Mais surtout, Selma Lagerlöf avait donné un exemple d'enfant qui vole grâce à des oiseaux migrateurs dans *Le Merveilleux Voyage de Nils Holgersson à travers la Suède*. Son nom comme ses aventures font donc du petit prince l'héritier d'une longue tradition littéraire. Son originalité est bien davantage dans son caractère. Et, en particulier, le blond de ses cheveux est un motif important dans le livre. C'est un rappel visuel : le jaune évoque le sable du désert, les étoiles, et le renard l'associe aux champs de blé. Il a aussi une connotation symbolique : ce blond est associé à une forme d'innocence, c'est la couleur des cheveux de l'enfance (on parle parfois de « nos chères têtes blondes » pour évoquer les enfants) et c'est la couleur de la lumière, notamment de cette lueur d'espoir que le petit prince apporte au narrateur, et peut-être à chaque lecteur…

L'astéroïde B 612 : l'astéroïde du petit prince a un nom intéressant car il peut faire penser à un véritable nom scientifique. Les astéroïdes sont, en effet, nommés avec une combinaison de lettre et de chiffres. Mais surtout, cela fait aussi penser à un nom d'avion. Lorsque Saint-Exupéry se retrouve perdu dans le désert libyen à la suite d'un accident en 1935, il pilotait un Simoun C 630, immatriculé F-ANRY. Pour l'auteur, la planète du petit prince n'est donc pas juste un rocher éloigné et complètement inconnu, son nom le rapproche déjà beaucoup de l'aviateur-narrateur.

Dernières observations avant l'analyse

1. Le récit d'une amitié

«Il était une fois un petit prince qui habitait une planète à peine plus grande que lui, et qui avait besoin d'un ami…» (p. 16). Ce petit prince finit par rencontrer un ami, le narrateur-aviateur. Il avait rencontré avant lui le renard. L'allumeur de réverbères aurait même pu devenir son ami lui aussi. Et finalement, le serpent n'agit-il pas en ami? Pourtant, le livre ne se concentre pas sur ces amitiés-là. Il nous plonge dans le lien qui se noue entre le narrateur et cet enfant apparu en plein désert, dans ce moment de solitude auquel il met définitivement fin.

Exercices

1. Pourquoi peut-on voir dans le narrateur une image de Saint-Exupéry?
2. Quel autre ami est évoqué dans ce livre? Est-ce un ami réel ou imaginaire?
3. Connaissez-vous d'autres œuvres où l'amitié est le thème central?
4. Qu'est-ce qu'un ami pour vous? Ce récit correspond-il à la définition que vous vous faites de l'amitié?

2. Un voyage?

Ce récit est avant tout celui d'un voyage, ou plutôt de plusieurs. Le petit prince, en effet, parcourt sept planètes, mais ce n'est pas le seul voyage évoqué ici.

Exercices

1. Qui d'autre voyage dans ce récit ?
2. Combien de personnes le petit prince rencontre-t-il sur Terre ? Que remarquez-vous si vous faites la comparaison avec les six autres planètes qu'il vient de visiter ?
3. Quel rôle les dessins peuvent-ils avoir dans le voyage du petit prince ? Qui font-ils voyager également ?

3. Un conte ?

Le narrateur nous dit « J'aurais aimé commencer cette histoire à la façon des contes de fées » (p. 16). En faisant cela, il introduit un doute pour le lecteur sur le genre du récit que celui-ci est en train de lire. Et il est vrai que dans ce récit certains ingrédients habituels du conte se mélangent au récit de la vie réelle de l'auteur. Le lecteur a de quoi hésiter entre le récit d'un rêve, celui de l'aviateur endormi près de son avion, et un conte dans lequel, selon la tradition, le merveilleux s'immisce dans la réalité. Alors, est-ce un conte ? Un rêve ? Autre chose ?

Exercices

1. Par quoi le narrateur commence-t-il son récit ? Pourquoi cela ne correspond-il pas à un conte ?
2. Quels éléments dans le récit de l'aviateur-narrateur correspondent à la réalité ? Lesquels avez-vous retenus qui semblent tout à fait imaginaires ou merveilleux ?
3. Quelle pourrait être la moralité du Petit Prince ?
4. La dernière page ressemble-t-elle à la fin d'un conte ? Pourquoi ?

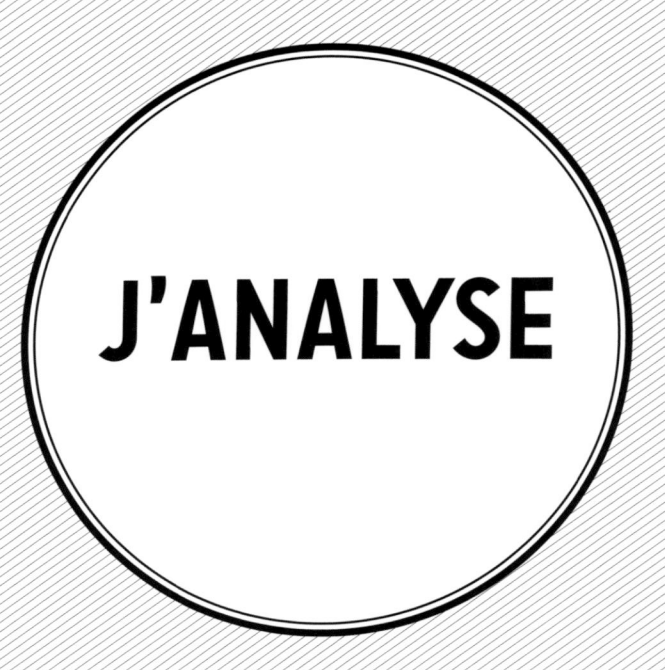

J'ANALYSE

Cherchez l'intrus

1 Ce qu'aiment les grandes personnes, ce sont :

Elles-mêmes ?
Les chiffres ?
Les roses ?

2 Quand le narrateur lui dit que les épines ne servent à rien, le petit prince est :

Choqué ?
Rassuré pour sa rose ?
En colère ?

3 Le narrateur a particulièrement soigné le dessin des baobabs (p. 21) :

Parce qu'il trouve les baobabs magnifiques ?
Pour mettre en garde ses amis contre le danger des baobabs ?
Parce que les baobabs sont un symbole important ?

4 Le narrateur finit par connaître certains éléments de la vie du petit prince :

En lui posant des questions ?
En les imaginant ?
Par déduction, au hasard de ce que lui raconte le petit prince ?

5 Le meilleur dessin de mouton est :

Celui avec des cornes car ça le rend plus fort ?
Le mouton dans sa boîte car l'essentiel est invisible pour les yeux ?

Le mouton dans sa boîte car ainsi le petit prince est libre d'imaginer le mouton qu'il veut ?

6 L'astronome qui a donné le nom B 612 à la planète du petit prince :

N'a pas été pris au sérieux ?
A été cru lorsqu'il s'est habillé à l'européenne ?
A été récompensé pour sa découverte ?

7 Le petit prince pleure à cause de :

L'aviateur qui n'a pas dessiné un joli mouton ?
Sa rose qui n'est pas unique ?
Le mouton qui risque de manger sa rose ?

8 Les cheveux du petit prince ont la couleur :

D'un champ de blé ?
Du désert ?
Des étoiles ?

9 Dans le désert, le narrateur trouve :

Un puits ?
Un renard ?
Un ami ?

10 Le serpent au pied du muret est :

Dangereux pour le petit prince ?
Celui qu'il avait rencontré en arrivant sur Terre ?
Un allié dans le voyage du petit prince ?

Au cœur de la phrase

1. Explique-moi l'injonction !

a) « — Moi, répondit le petit prince, je n'aime pas condamner à mort, et je crois bien que je m'en vais.

— Non, dit le roi. »

b) « Le soir, vous me mettrez sous globe. Il fait très froid chez vous. »

c) « C'est l'heure, je crois, du petit déjeuner [...], auriez-vous la bonté de penser à moi… »

d) « Je voudrais voir un coucher de soleil… Faites-moi plaisir… Ordonnez au soleil de se coucher… »

e) « — Je t'ordonne de t'asseoir, lui répondit le roi. »

f) « Elle avait toussé deux ou trois fois, pour mettre le petit prince dans son tort : "Ce paravent ?..." »

g) « Ne traîne pas comme ça, c'est agaçant. Tu as décidé de partir, va-t'en. »

h) « S'il vous plaît… dessine-moi un mouton ! »

i) « Fais-moi ce plaisir. Admire-moi quand même ! »

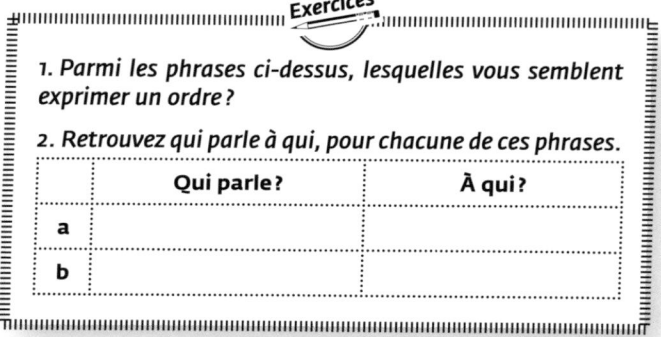

Exercices

1. Parmi les phrases ci-dessus, lesquelles vous semblent exprimer un ordre ?

2. Retrouvez qui parle à qui, pour chacune de ces phrases.

	Qui parle ?	À qui ?
a		
b		

	Qui parle ?	À qui ?
c		
d		
e		
f		
g		
h		
i		

Cela change-t-il quelque chose à votre première réponse ?

Pour vous aider :

Dans la communication, les paroles prononcées peuvent chercher à donner une information, exprimer un sentiment, recueillir une information ou bien **obtenir de l'autre une action**. Si l'on cherche à obtenir de quelqu'un qu'il fasse quelque chose, il s'agit d'**une injonction**. Dans le langage courant, on parle alors d'**ordre**, mais toutes les injonctions ne sont pas des ordres : on peut vouloir quelque chose de quelqu'un et le signaler par **une demande, un conseil, une proposition**. En grammaire le mot d'injonction regroupe ces différentes possibilités. On peut constater aussi que, **pour exprimer une injonction, on peut utiliser différents moyens** et pas seulement un verbe conjugué à l'impératif.

Exercices

3. Reprenez les phrases a, b, c et f. Comment réagit le petit prince à ces phrases dans le texte? A-t-il obéi à un ordre?
4. À l'inverse, quels sont les impératifs dans la phrase g? Servent-ils à se faire obéir?
5. Finalement, quelles sont les diverses manières possibles pour exprimer un ordre?
6. Quel personnage exprime finalement le plus d'injonctions envers le petit prince dans ce récit?

2. Qu'est-ce qui fait une question?

1. Commencez par proposer une définition de ce qu'est une phrase interrogative. Attention : dire qu'une phrase interrogative est une question ne vous avancera pas beaucoup!

2. Proposez ensuite différentes manières de transformer les deux phrases ci-dessous en questions.

a. Il faut attendre.
b. Je peux m'asseoir.

Que constatez-vous? Comparez vos propositions avec celles de vos camarades et les problèmes que vous remarquez.

Observons pour aller plus loin :

« Qu'est-ce que signifie "admirer"? » (p. 40)
« Et, depuis cette époque, la consigne a changé? » (p. 46)
« Et des poules? » (p. 64)
« Ça signifie "créer des liens…".
— Créer des liens? » (p. 63)

«Ça et mes trois volcans qui m'arrivent au genou, et dont l'un, peut-être, est éteint pour toujours…» (p. 62)

«Qui êtes-vous?» (p. 60)

«Attendre quoi?» (p. 22)

«N'est-ce pas, répondit doucement la fleur.» (p. 27)

Exercices

1. Toutes ces phrases sont-elles des interrogations?
2. Laquelle contient une question sans être une phrase interrogative?
3. Quels éléments sont indispensables pour construire une phrase interrogative?

Pour vous aider :

Une phrase interrogative est un **type de phrase** utilisé pour **avoir une information** (alors que la phrase déclarative donne une information).

La construction d'une phrase interrogative implique plusieurs éléments que vous connaissez sans doute déjà. Elle est introduite par **un mot spécifique** (qui?, comment?, pourquoi?, etc.) qui précise le sens de la question posée. D'autres mots interrogatifs viennent simplement appuyer la construction interrogative (est-ce que? par exemple) et, dans le langage courant et familier, le plus souvent on s'en passe (Est-ce que tu viens? / Tu viens?). Le langage familier a même tendance, à l'inverse, à ajouter «est-ce que» au mot interrogatif principal («Qui est-ce qui vient?»). On ne peut pas supprimer, en revanche, les mots interrogatifs qui portent le sens de l'information demandée (on ne pourrait pas dire «Viens-tu?» à la place de «Pourquoi viens-tu?», par exemple).

L'autre marque de l'interrogation est **le sujet inversé** («Vient-elle demain?»). Normalement, ce qui est placé après le verbe ne joue pas de rôle dans la conjugaison. Dans le cas d'une phrase interrogative, on met donc **un trait d'union** entre le verbe et son sujet, pour signaler qu'il s'agit bien du sujet du verbe. Et bien souvent, le pronom sujet vient répéter le sujet exprimé par un nom commun ou un nom propre («Ta sœur viendra-t-elle?», «Saint-Exupéry a-t-il dessiné un mouton?»). Le «-t-» sert de **liaison entre la voyelle du verbe et celle du pronom**, quand le verbe ne finit pas par une consonne. Là encore, dans le langage courant, le sujet inversé est souvent négligé («Tu viens?»).

Ce qui montre que l'élément qui marque le plus l'interrogation à l'écrit, c'est **le point d'interrogation**. Et à l'oral? À l'oral, c'est **l'intonation** qui exprime le plus souvent l'interrogation.

Mais toutes les phrases interrogatives ne sont pas des questions. Certaines peuvent servir à **exprimer une émotion**, par exemple se plaindre («Qu'est-ce que je peux faire? Je ne sais pas quoi faire!»), d'autres à **donner une injonction** («Veux-tu bien te taire?», «Quelle définition pouvez-vous donner d'une phrase?»). Les grandes personnes adorent ces phrases, surtout dans les livres scolaires.

Exercices

1. Proposez maintenant votre propre définition de la phrase interrogative en grammaire.
2. Quelle différence y a-t-il entre une phrase interrogative et plus largement une question?
3. Peut-on transformer toutes les phrases en interrogations? Essayez et revenez, s'il le faut, sur votre réponse à la question précédente.

La construction du texte

1. «Je n'ai jamais encore raconté cette histoire.»

Quels sont les chapitres dans lesquels le narrateur parle de lui-même au lecteur ?

Le petit prince est-il présent dans ces chapitres ? Pensez à vous appuyer aussi sur les dessins pour répondre.

À quelles époques de la vie du narrateur ces chapitres correspondent-ils ?

2. Les étapes d'une amitié

À quel chapitre apparaît le petit prince ?

À la page 23, le narrateur dit : «Le cinquième jour, toujours grâce au mouton, ce secret de la vie du petit prince me fut révélé. » Quel est ce cinquième jour ? Quels chapitres racontent les jours précédents ?

Combien de temps le petit prince reste-t-il auprès du narrateur ? Dans quels autres chapitres se déroule le dialogue entre eux ? Quels jours de leur «amitié» ne nous sont finalement pas racontés ?

3. Les aventures du petit prince

Quelles sont les grandes étapes de la vie du petit prince que nous raconte le narrateur ? Dans quels lieux se déroulent-elles ?

Dans ces chapitres, à qui parle le narrateur ? Était-il présent lorsque le petit prince effectuait ce voyage ?

4. *Récapitulons*

À l'aide d'un tableau, répartissez les chapitres dans lesquels le narrateur est seul, ceux qui correspondent aux jours passés avec le petit prince, ceux dans lesquels il raconte le voyage du petit prince.

Le narrateur	
Les jours passés avec le petit prince	
Les aventures du petit prince	

Où faudrait-il placer les pages 3 et 91 ?

Caractérisation des personnages

1. *Des voyageurs*

Finalement, le petit prince est un voyageur, comme son ami l'aviateur. L'un et l'autre sont loin de chez eux. Le narrateur est perdu, seul dans le désert ; le petit prince explore la Terre, seul, loin de sa planète. Mais ils ne font pas vraiment un voyage d'explorateurs. Leur découverte du monde n'est pas la découverte de nouveaux paysages ou d'autres cultures. Il s'agit davantage d'un apprentissage de la vie, de la vérité sur la vie et sur les relations entre les gens. Mais, est-ce vraiment l'enfant qui apprend des choses de l'adulte ici ?

Exercices

1. Quelle est la motivation du petit prince pour quitter sa planète ? Cherche-t-il quelque chose de particulier ?

2. Que sait-on du narrateur au moment où il rencontre le petit prince ? Quel est son état d'esprit quand le petit prince part ?

3. À la page 24, la relation entre le petit prince et le narrateur bascule : pourquoi se met-il en colère ? Qu'est-ce qui va changer entre lui et l'aviateur après cela ?

4. Comment expliquer que le petit prince ne renonce jamais à une question ? Quelle est la principale leçon qu'il tire de ses voyages ? Pour qui d'autre cette leçon est-elle valable ?

2. Des amis et des grandes personnes

Le monde du petit prince se divise en deux grandes catégories : les amis et les grandes personnes. Les amis sont ceux qui le comprennent, les grandes personnes sont celles qui ne voient pas, ou ne voient plus, ce qu'il y a d'essentiel. Elles sont décevantes, bizarres, parfois même un peu effrayantes. C'est d'ailleurs parce que le narrateur voit les choses un peu comme le petit prince qu'ils deviennent amis. Mais les amis ici sont aussi ceux qui font comprendre des choses, qui ont des réponses aux questions que l'on pose.

Exercices

1. Pourquoi l'allumeur de réverbères aurait-il pu être un ami pour le petit prince ?

2. Quel rôle jouent le renard et le serpent auprès du petit prince ?

3. Dans quelle catégorie faudrait-il placer la rose selon vous ?

4. Parmi les habitants des planètes traversées par le petit prince, lequel est le plus caractéristique des grandes personnes ?

5. Quels personnages font «avancer» le petit prince dans son voyage ?

3. Des êtres imaginaires ?

Le Petit Prince fait intervenir des personnages très différents : un roi, un businessman, un renard, une rose ! Tous n'ont pas la même importance dans le récit ni dans la trajectoire du petit prince et de son ami l'aviateur. En revanche, en dehors, peut-être, de l'aviateur-narrateur, tous semblent plus issus d'un rêve que de la réalité : le renard ou la rose qui parlent, l'allumeur de réverbères qui vit un mois en une minute sur sa planète, et le petit prince lui-même, que les dessins de l'auteur rendent encore plus merveilleux. Mais alors, tous ces personnages sont-ils sans lien avec la réalité ? On peut retrouver deux personnes bien réelles dans ce récit. Ce sont Léon Werth et l'auteur, qui prête ses traits au narrateur. Tout se passe comme si les personnages sortis de l'imaginaire de l'auteur étaient plutôt une façon de décrire notre monde réel. On peut se demander s'ils sont purement merveilleux comme dans un conte ou s'il ne faut pas plutôt voir en eux une description de notre monde. En tout cas, leur intérêt est certainement d'être des figures imaginaires qui transportent l'esprit du lecteur dans un ailleurs.

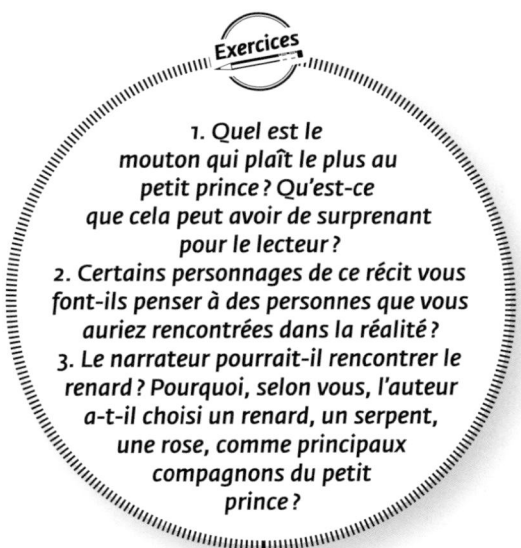

Exercices

1. Quel est le mouton qui plaît le plus au petit prince ? Qu'est-ce que cela peut avoir de surprenant pour le lecteur ?

2. Certains personnages de ce récit vous font-ils penser à des personnes que vous auriez rencontrées dans la réalité ?

3. Le narrateur pourrait-il rencontrer le renard ? Pourquoi, selon vous, l'auteur a-t-il choisi un renard, un serpent, une rose, comme principaux compagnons du petit prince ?

Les intentions de l'auteur : un livre pour enfants ?

Dans la dédicace à Léon Werth, l'auteur dit s'adresser aux enfants, il parle de son livre comme d'un « livre pour enfants » et corrige même sa dédicace pour s'adresser à l'enfant qu'a été Léon Werth. Et il est vrai que le héros de ce livre est un enfant, qu'il rencontre des personnages typiques du conte ou des récits pour la jeunesse. Le narrateur semble même s'adresser directement à des enfants quand il dit « vous » et leur parle des « grandes personnes », comme à la page 15. Il lui arrive même de dire « nous », comme si lui-même était un enfant parlant à des enfants. Pourtant, Saint-Exupéry est bien un adulte, tout comme le narrateur. On peut se demander si ce texte s'adresse uniquement aux enfants, et même s'il s'adresse véritablement à eux.

1. L'enfant dont ce livre est le héros ?

Le petit prince est entouré de grandes personnes ou de personnages qui appartiennent davantage à l'univers du conte : le renard, le serpent, la rose. S'il est le seul véritable enfant de cette histoire, un autre enfant est assez présent : le narrateur lui-même. À la fois à travers ses souvenirs comme à travers certaines de ses pensées, notre aviateur livre ici une âme d'enfant. Serait-il le véritable personnage principal ? À moins que le héros ne soit l'enfant-lecteur !

Exercices

1. Qu'est-ce qui définit pour vous un récit pour enfants ? Donnez au moins un exemple de récit que vous considérez comme réservé aux enfants.
2. Quels éléments renvoient à l'enfance du narrateur ?
3. Qu'est-ce qui rapproche les dessins du narrateur de dessins d'enfants ?
4. À quel personnage vous identifiez-vous le plus dans ce récit ?

2. La rêverie, l'émerveillement, le questionnement

Le petit prince, on l'a vu, questionne beaucoup. Les questions qu'il se pose sont au moins aussi nombreuses que ses étonnements : face au comportement des grandes personnes, face à la vie. Ce qui l'émerveille, en particulier, ce sont les couchers de soleil. Ce qui l'étonne, par exemple, c'est l'attitude de sa rose. Si cela renvoie à une attitude d'enfant, il n'a pourtant pas un comportement d'enfant lorsqu'il est temps de partir. Et son voyage fait d'ailleurs surgir des thèmes qui ne sont peut-être pas tout à fait ceux des livres pour enfants. C'est que l'émerveillement et la rêverie sont aussi ceux du narrateur voire du lecteur qui font avec les aventures du petit prince une forme de voyage dans le monde de l'enfance. Un voyage qui devient presque un récit d'apprentissage, mais ce n'est peut-être pas l'enfant (pour une fois !) qui apprend des choses ici.

Exercices

1. Dans les dessins, comme dans le texte, quels éléments apportent de la magie, de l'émerveillement pour le lecteur ?
2. Qu'est-ce qui rend le narrateur triste à la fin du récit ?
3. Quelles découvertes, quels apprentissages fait le narrateur au cours de ce récit ?

3. L'enfance comme moyen de voir le monde

Mais alors, à qui s'adresse ce récit ? À un enfant-lecteur ? À un lecteur qui aurait lui aussi une âme d'enfant ? Aux adultes qui auraient oublié leur regard d'enfant sur le monde ? Les situations absurdes, comme le roi sans sujets, comme les voyageurs de l'aiguilleur qui font des allers et retours sans raison apparente, rappellent *Les Aventures d'Alice au pays des merveilles*. Mais en montrant un monde qui ne suit pas la logique attendue par les adultes, l'auteur livre plus qu'un divertissement. Cet univers qui tourne autour du petit prince a l'air d'illustrer la formule biblique « la ville dont le prince est un enfant », qui résonne comme un avertissement. *Le Petit Prince* semble ainsi créer un univers complet, avec ses planètes, ses personnages, ses règles. Un univers imaginaire, mais qui serait un moyen de réfléchir sur le monde à travers les yeux d'un enfant.

Exercices

1. Le petit prince parcourt sept planètes en tout, et la septième est différente des autres. Quel texte fondateur rappelle ce chiffre ?

2. Quelle situation absurde pouvez-vous citer dans **Le Petit Prince** *? Qui en voit l'absurdité ?*

Quelle vision de la société dans *Le Petit Prince* ?

Conte, voyage merveilleux, récit de voyage et de rêve, *Le Petit Prince* est aussi un récit ancré dans la réalité du lecteur comme de l'auteur. Il rappelle les romans d'apprentissage dans lesquels le héros, à travers ses aventures et ses rencontres, livre une vision de la société. Ici, le monde vu à travers le regard d'un enfant n'épargne pas les grandes personnes et donc une société dans laquelle il semble facile et fréquent de rater l'essentiel, puisque « l'essentiel est invisible pour les yeux ».

Un monde en mal de fraternité

À travers les six planètes en particulier, Saint-Exupéry recrée toute une petite société : on trouve un homme d'affaires (le businessman), un homme de pouvoir (le roi), un savant (le géographe), un ouvrier (l'allumeur de réverbères). Et dans cette société, le plus faible est « méprisé » par les plus forts, qui pourtant ne pensent qu'à eux et ne sont pas utiles aux autres. Le businessman dit posséder les étoiles, mais n'est pas utile pour elles. Sur la Terre, le renard évoque lui aussi une forme de violence dans les rapports entre les êtres vivants : « Je chasse les poules, les hommes me chassent. » Ces différents éléments renvoient le lecteur à la violence qui fait rage dans les années 1930-1940 avec la montée des fascismes, de la haine de l'autre et, bien sûr, avec la guerre. Mais cela rappelle aussi le pouvoir de l'argent, l'organisation d'une société qui n'épargne pas les plus faibles si elle n'a pas le projet politique d'être plus solidaire. Dans cet univers-là, la rencontre de l'aviateur et du petit prince fait bien figure de parenthèse merveilleuse, de rêve de fraternité.

Une société en quête de sens

Le renard, qui apparaît comme une des clefs du récit, explique également au petit prince que les hommes « achètent des choses toutes faites chez les marchands. Mais comme il n'existe point de marchands d'amis, les hommes n'ont plus d'amis ». C'est aussi une manière de souligner que les hommes sont trop occupés à des choses matérielles et passent à côté de l'essentiel. Le « matérialisme » qui pousse la société à accorder plus d'importance à l'argent, à la réussite, fait du businessman un homme ridicule et même peu aimable. On peut dire que son intérêt pour l'argent le rend aveugle, au sens où il ne fait absolument pas attention à l'enfant qui le dérange. Or, à travers ses questions, le petit prince cherche le sens de tout cela. Avez-vous remarqué que s'il pose des questions, c'est en général pour comprendre ce que fait la personne qu'il rencontre et comprendre à quoi cela sert ? Ce regard naïf sur le monde conduit ainsi le lecteur à interroger le sens de ce monde, de la société.

La rose, les femmes, l'amour

Les femmes ne sont pas absentes de ce récit, on peut penser que la rose du petit prince les représente. De façon symbolique, la rose représente aussi l'amour. Or, cet amour ne semble pas rendre le petit prince heureux. La fleur, néanmoins, est extrêmement importante pour lui. C'est un peu à cause d'elle qu'il quitte sa planète, mais il pense sans cesse à elle, se sent responsable d'elle, est lié à elle. Le récit donne ainsi de l'amour l'image d'un phénomène compliqué. Compliqué mais indispensable, et c'est sans doute pour cette raison que le petit prince n'est pas prêt à y renoncer.

Résumons !

En faisant le résumé du *Petit Prince*, l'auteur de ce dossier a hésité dix fois, comme souvent les grandes personnes avant de prendre une décision sérieuse. Pour achever ce texte, il suffit de choisir à chaque fois un mot parmi les trois laissés au choix. Il suffit…, ce n'est peut-être pas si simple… À vos arguments !

Un **adulte/aviateur/mécanicien** est bloqué, **perdu/seul/isolé** dans le désert, suite à une panne de moteur, lorsqu'un **adolescent/prince/enfant** apparaît qui lui demande de lui **dessiner/faire voir/donner** un mouton. Le petit prince vient d'un astéroïde et a transité par six autres planètes avant d'**arriver/atterrir/tomber** sur la Terre. Au cours de son **rêve/aventure/voyage**, il a rencontré des personnages **drôles/merveilleux/ effrayants** : un businessman, un roi, un allumeur de réverbères, etc. Mais ses plus **belles/ fortes/marquantes** rencontres furent sur la Terre. Il y a rencontré un serpent et un renard avant de devenir **l'ami/le frère/le double** de l'aviateur. Le renard, en particulier, lui a appris des choses **importantes/essentielles/ utiles** sur la vie. Mais le petit prince doit retourner sur sa planète. De nouveau seul, le narrateur espère revoir un jour son ami.

Exercices

LECTURE À LA LOUPE : L'INCIPIT ET L'EXCIPIT

1. Au sujet du dessin de boa, le narrateur raconte-t-il son souvenir du point de vue d'un adulte ou d'un enfant ?

2. Pourquoi l'enfant demande-t-il aux adultes si son dessin leur fait peur ? Qu'est-ce que cela nous apprend sur ce qu'il tente de faire en leur montrant ce dessin ?

3. Que sont la géographie, l'histoire, le calcul et la grammaire ? Pourquoi, dans l'esprit des grandes personnes dont parle le narrateur, sont-ils opposés à ses efforts d'enfant pour dessiner ?

4. Une fois adulte, le narrateur fait l'expérience d'une autre opposition, celle de son dessin de boa avec le bridge, le golf, la politique et les cravates. Que faut-il comprendre ?

5. En quelques lignes, expliquez l'image que le narrateur donne des adultes dans les trois premières pages.

6. À qui s'adresse le narrateur à la page 91 ? Il ne raconte plus : que cherche-t-il à faire ?

7. Après avoir lu l'ensemble du récit, dites ce qui a changé chez le narrateur entre l'incipit et la dernière page ?

LE FURET LECTEUR : LES 6 PLANÈTES (p. 32-53)

1. Qu'ont en commun les habitants de ces différentes planètes ?

2. Quelle est la particularité de chacun d'eux ? Peut-on dire qu'ils sont des caricatures ? Pensez à vous appuyer sur les dessins pour répondre.

3. Que veulent-ils du petit prince pour la plupart ?

4. Que cherche le petit prince à travers ses questions ?
5. Pourquoi l'allumeur de réverbères « serait méprisé par tous les autres » ?
6. Quel mot répète le petit prince à la fin de plusieurs de ses visites ? Que ressent-il au contact de ces personnages ?
7. Comment évolue-t-il durant ce voyage ?
8. Comment expliquer qu'il s'attarde davantage chez le roi, le business-man et le géographe ?

LECTURE À LA LOUPE : LE PETIT PRINCE ET LE RENARD (p. 62-70)

1. Pourquoi le renard veut-il que le petit prince l'apprivoise ?
2. Que cherche à faire le renard lorsqu'il parle au petit prince ? Raconter ? Décrire ? Autre chose encore ? Appuyez-vous sur le temps des verbes et sur certaines tournures de phrases.
3. À quel type de personnage fait penser l'animal dans ce dialogue ? Comment cela permet-il de comprendre que le petit prince répète les paroles du renard dans les derniers échanges ?
4. Comment comprenez-vous l'expression « m'habiller le cœur » ?
5. Quel est le rite que le renard et le petit prince instaurent entre eux ? À quoi sert-il ?
6. Pourquoi le renard répond-il au petit prince qu'il « y gagne à cause de la couleur du blé » (p. 68) ?
7. Que remarquez-vous dans les propos du petit prince quand il retourne voir les roses ? Qu'est-ce que cela nous montre de sa relation avec le renard ?
8. Dans votre univers, qui serait pour vous l'équivalent du renard ?

 ### LE FURET LECTEUR : LE PUITS (p. 72-79)

1. Pourquoi peut-on dire que les paroles du narrateur aux pages 72-73 marquent une sorte de retour à la réalité ?
2. Quelles paroles répète à plusieurs reprises le narrateur à la page 73-74 ? À qui les emprunte-t-il ? Qu'est-ce que cela montre de son évolution ?
3. Qu'est-ce qui marque l'attachement du narrateur au petit prince dans ces pages ? Sont-ce seulement des gestes ?
4. Pourquoi la découverte du puits est-elle à la fois un moment de joie et de tristesse ?

 ### LE FURET LECTEUR : DES DESSINS DANS UN LIVRE OU UN LIVRE DESSINÉ ?

1. Quels sont les tout premiers dessins qui interviennent véritablement dans le livre ? Quel est leur rôle pour le lecteur ?
2. Dans le chapitre II, il est encore question de dessin. Qu'ont-ils de différent ? Quel rôle ont ces dessins pour les personnages ? Quel dessin à la page 10 ressemble à celui de l'éléphant dans le boa ?
3. Que montre le mot « voilà » à la page 8 ? Où retrouve-t-on ce mot ? À qui s'adresse-t-il ?
4. À la page 10, pourquoi trouve-t-on plusieurs dessins de mouton ? Montrez qu'ils ne sont pas placés au hasard sur la page.
5. Pourquoi le narrateur regrette-t-il d'avoir oublié de dessiner une partie de la muselière du mouton ? Quelle force a le dessin dans ce récit ?
6. Pourquoi l'auteur reproduit-il deux fois le même dessin à la fin du récit ?
7. En quelques lignes, expliquez le rôle que les dessins ont eu dans votre lecture.
8. Pourquoi peut-on dire que dans *Le Petit Prince* les dessins ne sont pas des illustrations ?

Jeu de lettres

Quand on remonte aux origines lointaines de l'alphabet, les lettres étaient d'abord des dessins. Ainsi, le A viendrait du dessin de la tête de taureau :

$$\forall \rightarrow \forall \rightarrow \not\forall \rightarrow A.$$

- Imaginez et dessinez les objets qui peuvent se cacher derrière les lettres R, O, L, N, I, C, E, S. Quels sens nouveaux pourraient alors prendre des mots comme « prince », « lucide », « étoile » ? Amusez-vous à leur donner de nouvelles définitions.

- À la manière d'un rébus, recomposez à partir de dessins certains mots de la rubrique « Les mots ont une histoire » pour les faire deviner à des grandes personnes.
  Ex. : tête de loup + ange = louange.

- Le petit prince et le narrateur auraient-ils aimé jouer à ces jeux ? Pourquoi, selon vous ?

Le 20 sur 20

Avez-vous bien lu *Le Petit Prince* et le dossier ? Les dix premières questions concernent l'œuvre, les dix suivantes le dossier. Vous pouvez vous auto-évaluer en vérifiant les réponses qui sont à l'envers, à la page suivante.

1. Qui raconte les voyages du petit prince ?
2. Pourquoi le narrateur ne ressemble-t-il pas aux autres grandes personnes ?
3. Les aquarelles sont-elles vues uniquement par le lecteur ?
4. Quel souvenir le puits rappelle-t-il au narrateur ?
5. La rose du petit prince est-elle unique ?
6. Le marchand et l'aiguilleur sont-ils des amis pour le petit prince ?
7. Le géographe est-il bizarre ?
8. Est-il vrai que le puits chante ?
9. Pourquoi le narrateur dit-il à la page 16 qu'il a du chagrin à raconter ces souvenirs ?
10. Que pensez-vous qu'il arrive au petit prince à la fin du livre ?

11. Quels personnages réels peut-on reconnaître dans *Le Petit Prince* ?
12. Qui a dessiné les aquarelles qui accompagnent le texte ?
13. Ces dessins sont-ils des illustrations ?
14. Quelle est l'injonction célèbre du *Petit Prince* ?
15. Quel habitant des six planètes rappelle l'exil américain de Saint-Exupéry ?
16. Est-ce que « astéroïde » est un mot polysémique ?
17. Quel être proche de l'auteur peut rappeler le petit prince ?
18. Les situations absurdes de ce récit servent-elles à faire rire ?
19. Qu'est-ce qui manque au renard pour être un personnage de conte ?
20. *Le Petit Prince* est-il un livre pour enfants ?

14. « Dessine-moi un mouton. » Cette injonction est, comme vous le savez, à l'impératif.

15. Le businessman est celui qui rappelle le plus les États-Unis, ne serait-ce que par son nom.

16. Le mot « astéroïde » n'a pas plusieurs sens, comme la plupart des mots savants.

17. Si leur amitié peut rappeler Léon Werth, on peut penser aussi que derrière le petit prince se cache un peu l'image du jeune frère de l'auteur, disparu quand ils étaient enfants.

18. L'absurde, comme souvent en littérature, sert à faire réfléchir sur la réalité en la déformant.

19. Contrairement au personnage du renard dans les contes, celui-ci n'est pas rusé, il ne joue pas de mauvais tours.

20. Conte, récit de voyages, regard sur l'absurdité du monde des adultes : *Le Petit Prince* est un récit universel comme le montre son succès mondial.

RÉPONSES

1. C'est le narrateur qui nous raconte ces voyages. Si l'on peut penser que derrière cet aviateur se cache Saint-Exupéry, on remarque aussi que, dans le récit, c'est le petit prince qui raconte ces souvenirs au narrateur (p. 72).

2. Le narrateur voit comme un enfant, il ne s'attache pas à lui-même seulement et parvient à voir avec le cœur.

3. Le petit prince aussi voit les aquarelles. À la fin du livre, il se moque même des oreilles que le narrateur a dessinées au renard.

4. Le narrateur se souvient de la grande maison qu'il habitait quand il était enfant et où était caché un trésor.

5. Il finit par comprendre qu'elle l'est car elle est, à ses yeux, différente de toutes les autres.

6. Ils ne lui veulent pas de mal, mais ils ne sont pas amis au sens où ils le comprennent ou lui font comprendre des choses de la vie. Ils ne sont pas uniques pour lui.

7. Même si le petit prince ne le dit pas comme pour les autres, le personnage du géographe semble inutile puisqu'il ne peut rien dire ni rien vérifier par lui-même.

8. Non, ce sont les personnages qui voient, avec leur cœur, un chant dans le bruit que fait la chaîne, car avoir de l'eau dans le désert est forcément un bonheur, même si un bruit de chaîne n'est pas agréable.

9. Il a du chagrin car le petit prince lui manque.

10. On ne sait pas, le narrateur ne le dit pas vraiment. Il souhaite son retour et espère que le lecteur l'attendra également…

11. La dédicace à Léon Werth le rend présent, peut-être dans la figure du petit prince. Le narrateur, lui, fait fortement penser à Saint-Exupéry lui-même.

12. C'est Saint-Exupéry qui a réalisé les aquarelles, même si dans le récit le narrateur apparaît comme le dessinateur.

13. Ces dessins font corps avec le texte. Les deux sont pensés ensemble. Les images ne sont donc pas des illustrations au sens propre.

NOUS
AVONS
LA PAROLE

 # À nous de jouer

Raconte-moi un épisode

- À partir d'une des aquarelles (p. 21, « Les baobabs » ; p. 38, « Le vaniteux » ; p. 57, « Le serpent » ; p. 34, « Le roi »), racontez de mémoire l'épisode correspondant du *Petit Prince*. En classe ou à la maison, vous pouvez vous enregistrer.
- En groupe, comparez ensuite le récit que vous aurez fait à l'oral avec l'épisode original. Quelles différences identifiez-vous entre votre langage et celui utilisé dans *Le Petit Prince* ?
- Comparez précisément deux phrases prononcées par le petit prince dans votre récit et dans le livre de Saint-Exupéry.
- À la fin de vos observations, vous conclurez précisément sur le langage du petit prince : langage d'enfant ? langage oral ?
- Choisissez pour terminer une autre aquarelle et enregistrez votre récit. Vos camarades évalueront si vous avez su adopter le même langage oral que dans *Le Petit Prince*.

Un narrateur, des voix ?

Voici plusieurs phrases issues du *Petit Prince*. Lisez-les à voix haute, à tour de rôle si c'est en classe.

1. « Mais non. Des petites choses dorées qui font rêvasser les fainéants. Mais je suis sérieux, moi ! Je n'ai pas le temps de rêvasser. »
2. « Je m'ennuie donc un peu. Mais, si tu m'apprivoises, ma vie sera comme ensoleillée. »
3. « Ce n'est pas important la guerre des moutons et des fleurs ? Ce n'est pas plus sérieux et plus important que les additions d'un gros monsieur rouge ? »

4. « J'ai ainsi eu, au cours de ma vie, des tas de contacts avec des tas de gens sérieux. »

5. « Les grandes personnes, bien sûr, ne vous croiront pas. Elles s'imaginent tenir beaucoup de place. Elles se voient importantes comme des baobabs. »

6. « Ce qui est important, ça ne se voit pas… »

7. « Tu n'en as rien su, par ma faute. Cela n'a aucune importance. Mais tu as été aussi sot que moi. Tâche d'être heureux… Laisse ce globe tranquille. Je n'en veux plus. »

8. « Lorsque j'étais petit garçon, la lumière de l'arbre de Noël, la musique de la messe de minuit, la douceur des sourires faisaient, ainsi, tout le rayonnement du cadeau de Noël que je recevais. »

9. « Et c'était vrai. J'ai toujours aimé le désert. On s'assoit sur une dune de sable. On ne voit rien. On n'entend rien. Et cependant quelque chose rayonne en silence… »

10. « Il avait pris au sérieux des mots sans importance, et était devenu très malheureux. »

- Qui prononce chacune de ces phrases dans le livre ? Quels indices vous permettent de le savoir ?
- La lecture qui en a été faite convient-elle au personnage qui les prononce dans *Le Petit Prince* ? Après avoir débattu du ton et de la voix à adopter pour correspondre à chaque personnage, proposez une nouvelle lecture de ces différentes phrases.

Donner lecture

D'abord relisons silencieusement le chapitre IX.

- Après avoir identifié toutes les voix, les passages qui relèvent de l'écrit et ceux qui imitent l'oral, notez quelques indications à respecter pour bien lire ce passage à voix haute.
- Entraînez-vous, éventuellement à deux, puis vous proposerez votre lecture devant la classe directement ou à partir d'un enregistrement que vous aurez fait.

Organisons le débat

Débattre pour construire une lecture de l'œuvre

Le petit prince devait-il partir ? Ou aurait-il pu rester avec son ami ?
Chaque lecteur peut avoir son interprétation de la fin du récit. Le départ du petit prince occupe en tout cas une place extrêmement importante : deux dessins y sont consacrés et il occupe les quinze dernières pages. Même le narrateur donne sa vision des choses, notamment dans la toute dernière page. Mais vous, que comprenez-vous ?

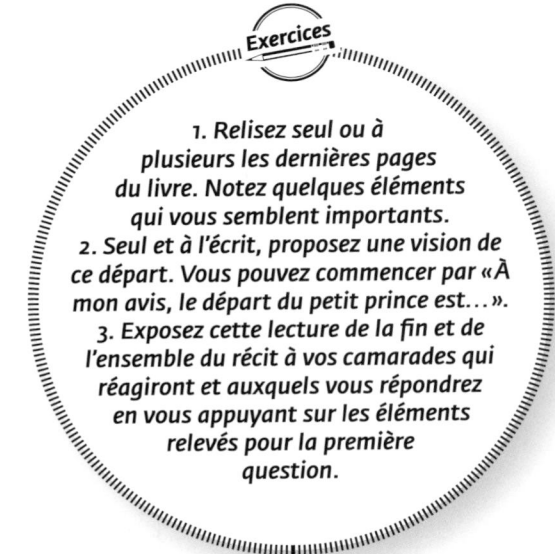

Exercices

1. Relisez seul ou à plusieurs les dernières pages du livre. Notez quelques éléments qui vous semblent importants.
2. Seul et à l'écrit, proposez une vision de ce départ. Vous pouvez commencer par «À mon avis, le départ du petit prince est...».
3. Exposez cette lecture de la fin et de l'ensemble du récit à vos camarades qui réagiront et auxquels vous répondrez en vous appuyant sur les éléments relevés pour la première question.

Quand la lecture fait réfléchir

Est-il vrai que «l'essentiel est invisible pour les yeux»?

Cette formule du renard, restée célèbre, est centrale dans le récit. Elle apparaît pleine de sens au narrateur dans les dernières pages. Et pour vous?

Exercices

1. Quel est le sens de cette phrase? Échangez d'abord entre vous pour vous mettre d'accord sur le sens de cette formule. Appuyez-vous sur le tableau ci-dessous pour enrichir votre réflexion en choisissant la définition qui vous semble correspondre le mieux aux paroles du renard.

L'essentiel c'est...	L'invisible c'est...
• Ce qu'il y a de plus important, de plus précieux? • Quelque chose de vital, qui permet d'exister? • Ce qui fait tout l'intérêt d'un objet, d'une personne, d'une situation? • La beauté?	• Le contraire de l'apparence? • Plus globalement ce que l'on ne voit pas? • Ce qui est caché, dissimulé? • Ce que l'on ne comprend pas tout de suite, quelque chose qui nous échappe? • Ce qui passe par la vue et aucun autre sens?

2. Retrouvez dans le livre et dans votre propre expérience des exemples qui puissent correspondre à cette idée.
3. Proposez à l'écrit ou à l'oral des arguments pour défendre ou contredire l'idée que «l'essentiel est invisible pour les yeux».

PROLONGE-
MENTS

Groupement de textes : « Comment on voit le monde quand on est un enfant »

La Clé d'or (1815)

Jacob Grimm (1785-1863) et Wilhelm Grimm (1786-1859)
(Traduit par M. Robert, Éditions Gallimard)

Par un jour d'hiver, la terre étant couverte d'une épaisse couche de neige, un pauvre garçon dut sortir pour aller chercher du bois en traîneau. Quand il eut ramassé le bois et chargé le traîneau, il était tellement gelé qu'il ne voulut pas rentrer chez lui tout de suite, mais faire du feu pour se réchauffer un peu d'abord. Il balaya la neige, et tout en raclant le sol, il trouva une petite clé d'or. Croyant que là où était la clé, il devait y avoir aussi la serrure, il creusa la terre et trouva une cassette de fer. Pourvu que la clé aille! pensa-t-il, la cassette contient sûrement des choses précieuses. Il chercha, mais ne vit aucun trou de serrure; enfin il en découvrit un, mais si petit que c'est tout juste si on le voyait. Il essaya la clé, elle allait parfaitement. Puis il la tourna une fois dans la serrure, et maintenant il nous faut attendre qu'il ait fini d'ouvrir et soulevé le couvercle, nous saurons alors quelles choses merveilleuses étaient contenues dans la cassette.

Questions

1. Quels détails nous donne le narrateur sur le personnage ? S'agit-il d'un personnage traditionnel des contes ?
2. Quel élément modifie tout et introduit de l'inattendu dans le récit ?
3. En quoi la clé est-elle merveilleuse ?
4. Qu'avez-vous envie de trouver dans la cassette ?
5. Expliquez en quelques lignes pourquoi ce conte nous dit que le véritable trésor c'est l'imagination.

Contes pour enfants pas sages (1963)
Jacques Prévert (1900-1977)
(Éditions Gallimard)

Avant de lire, imaginez et essayez de rédiger le texte qui pourrait correspondre au titre « L'éléphant de mer ».

L'éléphant de mer

Celui-là c'est l'éléphant de mer, mais il n'en sait rien. L'éléphant de mer ou l'escargot de Bourgogne, ça n'a pas de sens pour lui, il se moque de ces choses-là, il ne tient pas à être quelqu'un.

Il est assis sur le ventre parce qu'il se trouve bien assis comme ça : chacun a le droit de s'asseoir à sa guise.

Il est très content parce que le gardien lui donne des poissons, des poissons vivants.

Chaque jour il mange des kilos et des kilos de poissons vivants, c'est embêtant pour les poissons vivants parce qu'après ça ils sont morts, mais chacun a le droit de manger à sa guise…

Il les mange sans faire de manières, très vite, tandis que l'homme quand il mange une truite, il la jette d'abord dans l'eau bouillante et après l'avoir mangée, il en parle encore pendant des jours, des jours et des années.

«Ah, quelle truite, mon cher, vous vous souvenez !» etc., etc.

Lui, l'éléphant de mer, mange simplement, il a un très bon petit œil, mais quand il est en colère, son nez en forme de trompe se dilate et ça fait peur à tout le monde.

Son gardien ne lui fait pas de mal… On ne sait jamais ce qui peut arriver…

Si tous les animaux se fâchaient, ce serait une drôle d'histoire.

Vous voyez ça d'ici, mes petits amis, l'armée des éléphants de terre et de mer arrivant à Paris. Quel gâchis…

L'éléphant de mer ne sait rien faire d'autre que de manger du poisson, mais c'est une chose qu'il fait très bien. Autrefois, il y avait paraît-il des éléphants de mer qui jonglaient avec des armoires à glace, mais on ne peut pas savoir si c'est vrai… personne ne veut plus prêter son armoire !

L'armoire pourrait tomber, la glace pourrait se casser, ça ferait des frais, l'homme aime bien les animaux, mais il tient davantage à ses meubles…

… L'éléphant de mer, quand on ne l'ennuie pas, est heureux comme un roi, beaucoup plus heureux qu'un roi, parce qu'il peut s'asseoir sur le ventre quand ça lui fait plaisir alors que le roi, même sur le trône, est toujours assis sur son derrière.

Questions

1. Vous attendiez-vous à un tel texte à partir du titre ? Quelle est votre première impression après l'avoir lu ?

2. Ce texte est-il un conte ? Qu'est-ce qui pourrait appartenir à l'univers du conte ?

3. Comment comprendre «Celui-là c'est l'éléphant de mer» au début du texte ?

4. Sait-on qui est le narrateur ? De qui adopte-t-il le point de vue ? Relevez les éléments qui renvoient à une façon de penser typique des enfants.

5. Quelles critiques sont adressées aux hommes ?

*6. Comment peut-on comprendre le titre du livre : **Contes pour enfants pas sages** ? Diriez-vous qu'il s'agit d'un livre pour enfants ?*

*7. Prévert a écrit d'autres **Contes pour enfants pas sages** sur un jeune lion, un dromadaire, une autruche, des girafes. Choisissez un de ces animaux et imaginez un texte à la manière de Prévert.*

L'Enfant et la Rivière (1953)

Henri Bosco (1888-1976)

(Éditions Gallimard, « Folioplus classiques »)

Pascalet est un jeune garçon qui vit à la campagne, au milieu d'un paysage qu'il trouve monotone. Bargabot, le braconnier, lui parle souvent de la rivière qui coule non loin, mais son père lui a formellement interdit de l'approcher. Pourtant un jour, en l'absence de ses parents, l'appel de l'aventure se fait plus fort que l'interdit !

Seul, désœuvré, j'errais un peu dans la maison, et puis j'allais m'asseoir sous le figuier du puits.

C'est là qu'un beau matin d'avril la tentation vint me trouver à l'improviste. Elle sut me parler. C'était une tentation de printemps, une des plus douces qui soient, je pense, pour qui est sensible au ciel pur, aux feuilles tendres et aux fleurs fraîchement écloses.

C'est pourquoi j'y cédai.

Je suis parti à travers les champs. Ah ! le cœur me battait ! Le printemps rayonnait dans toute sa splendeur. Et quand je poussai le portail donnant sur la prairie, mille parfums d'herbes, d'arbres, d'écorce fraîche me sautèrent au visage. Je courus sans me retourner jusqu'à un boqueteau. Des abeilles y dansaient. Tout l'air, où flottaient les pollens, vibrait du frémissement de leurs ailes. Plus loin, un verger d'amandiers n'était qu'une neige de fleurs où roucoulaient les premières palombes de l'année nouvelle. J'étais enivré.

Les petits chemins m'attiraient sournoisement. « Viens ! que t'importent quelques pas de plus ? Le premier tournant n'est pas loin. Tu t'arrêteras devant l'aubépine. » Ces appels me faisaient perdre la tête. Une fois lancé sur ces sentes qui serpentent entre deux haies chargées d'oiseaux et de baies bleues, pouvais-je m'arrêter ?

Plus j'allais et plus j'étais pris par la puissance du chemin. À mesure que j'avançais, il devenait sauvage.

Les cultures disparaissaient, le terrain se faisait plus gras, et çà et là poussaient de longues herbes grises ou de petits saules. L'air, par bouffées, sentait la vase humide.

Tout à coup devant moi se leva une digue. C'était un haut remblai de terre couronné de peupliers. Je le gravis et je découvris la rivière.

Elle était large et coulait vers l'ouest. Gonflées par la fonte des neiges, ses eaux puissantes descendaient en entraînant des arbres. Elles étaient lourdes et grises et parfois sans raison de grands tourbillons s'y formaient qui engloutissaient une épave, arrachée en amont. Quand elles rencontraient un obstacle à leur course, elles grondaient. Sur cinq cents mètres de largeur, leur masse énorme, d'un seul bloc, s'avançait vers la rive. Au milieu, un courant plus sauvage glissait, visible à une crête sombre qui tranchait le limon des eaux. Et il me parut si terrible que je frissonnai.

Questions

1. *Qui parle au narrateur ?*
2. *Quel sentiment anime la nature ? Relevez des éléments qui traduisent ce mouvement. Qui ressent en réalité ce sentiment ?*
3. *Ce texte est-il extrait d'un conte ? Sur quoi pouvez-vous vous appuyer pour proposer une réponse ?*
4. *Comment expliquer que la description occupe une telle place dans ce texte ? Est-elle faite du point de vue d'un enfant ou d'un adulte ?*
5. *Sur quelles sensations insiste particulièrement le narrateur ?*
6. *Quels éléments traduisent le monde de l'enfance ?*

Abélard, tome 1, pages 6 et 7, 2011.

Renaud Dilliès (né en 1972) et Régis Hautière (né en 1969).

Dillies, Hautière © Dargaud Benelux (Dargaud-Lombard s.a.), 2017.

Abélard est un petit oiseau. Il vit dans un marais entouré de compères très différents de lui et il rêve d'ailleurs. Il a, dans tous les sens du terme, la tête dans la lune.

ÉCOUTE-MOI BIEN, GAMIN... J'AI BOURLINGUÉ PAS MAL AVANT D'ATTERRIR ICI.

JE SUIS ALLÉ À L'EST, JE SUIS ALLÉ À L'OUEST. J'AI TRAVERSÉ LE PAYS DU NORD AU SUD, J'AI VU ODESSA ET J'AI VU LA MER, ET LES MONTAGNES AUSSI.

J'AI MÊME MIS LES PIEDS DANS DES COINS QU'ONT DES NOMS TELLEMENT BIZARRES QU'ON LES TROUVE SUR AUCUNE CARTE PARCE QU'ON SAIT PAS COMMENT LES ÉCRIRE.

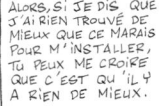

ALORS, SI JE DIS QUE J'AI RIEN TROUVÉ DE MIEUX QUE CE MARAIS POUR M'INSTALLER, TU PEUX ME CROIRE QUE C'EST QU'IL Y A RIEN DE MIEUX.

MOI, J'AI TOUJOURS VÉCU ICI.

EH BEN, TU PEUX DIRE QUE TU AS DE LA CHANCE.

ALLEZ, VIENS, ON VA FINIR CETTE PARTIE DE CARTES.

SI EUGÈNE S'EST DÉCIDÉ À JOUER, ON VA PEUT-ÊTRE POUVOIR SE COUCHER AVANT LA LUNE.

Questions

1. Relevez cinq différences entre le petit Abélard et son compagnon. Quel trait principal pourrait caractériser Abélard ?

2. Quelle impression laisse la première case ? Pourquoi le dessinateur choisit-il de resserrer la vision dans un cercle au moment où les personnages évoquent un «ailleurs» ?

3. Que peut bien penser Abélard dans la troisième case de la première planche ?

4. Que ressent-il après avoir écouté son camarade ? Comment le dessinateur fait-il sentir que les envies de voyage d'Abélard vont être contrariées ?

5. Ce n'est pas Abélard qui parle le plus ici. Qu'est-ce que cela traduit du monde de l'enfance ?

6. Quel rôle jouent finalement la lune et les étoiles dans ces deux planches ?

Histoire des arts

Du texte au dessin

Lorsque les Éditions Gallimard publient *Le Petit Prince* en 1946, le lecteur européen, et en particulier les enfants, a déjà une **grande habitude des textes littéraires illustrés**. **Gustave Doré** a proposé en gravures ou aquarelles des lectures des *Contes* de Perrault notamment. À la fin du xixe siècle, **l'éditeur Hetzel** diffuse largement les livres de Jules Verne accompagnés de gravures encore utilisées aujourd'hui pour illustrer ses romans. Le public connaît dans la même période le **développement de la bande dessinée** : d'abord un équilibre entre texte et dessins, comme dans *Bécassine* ou les *Pieds nickelés*, puis un récit surtout fondé sur la succession des images, comme dans les premiers albums de ***Tintin*** du Belge Hergé.

On trouve alors peu d'écrivains qui explorent les possibilités graphiques. **Victor Hugo**, parmi les plus célèbres, mais aussi **Cocteau** s'y essaient. On verra même le texte devenir dessin avec les fameux **calligrammes d'Apollinaire**.

Dans ce contexte, l'œuvre de Saint-Exupéry apparaît comme profondément originale et ouvre la voie à des conteurs-dessinateurs comme Samivel, Albert Robida ou Léopold Chauveau. Mais aucun ne connaîtra le même succès. Et, à la fin du xxe siècle, c'est la bande dessinée qui devient le premier genre liant complètement récit et dessin. **Joann Sfar**, une des stars de la BD aujourd'hui, reprendra d'ailleurs ***Le Petit Prince*** en 2008.

Au verso de la couverture en début d'ouvrage :

Les Vacances du Petit Nicolas
R. GOSCINNY (1926-1977) ET SEMPÉ (NÉ EN 1932).
EXTRAIT DE « LA GYM », 1962.
IMAV éditions, 2013.

1. Quel lien faut-il faire entre le dessin et le texte ?

2. De quelle manière le dessin reproduit-il le monde de l'enfance ?

3. Quels éléments rappellent le langage enfantin dans le texte ?
4. Quelle scène représente ce dessin ?
5. Quels éléments comiques pouvez-vous facilement identifier ?
6. Choisissez un des enfants dessinés et imaginez ce qu'il est en train de se dire.

Charles Trenet,
vedette des disques Columbia, affiche, 1941
JEAN COCTEAU (1889-1963).

1. Quels détails ajoute Cocteau à son portrait pour donner une allure exceptionnelle à Charles Trenet ?
2. De quel genre littéraire Cocteau, écrivain avant tout, se rapproche-t-il avec ce dessin ?
3. Charles Trenet était surnommé « le fou chantant », retrouve-t-on cette idée dans le portrait qu'en fait Cocteau ?
4. Quels liens pouvez-vous faire entre ce dessin et *Le Petit Prince* ?

À *Lou De Coligny-Châtillon,*
octobre-novembre 1914
GUILLAUME APOLLINAIRE (1880-1918).

EXTRAIT DE *LETTRES À LOU*, COLLECTION L'IMAGINAIRE, GALLIMARD, 2010.

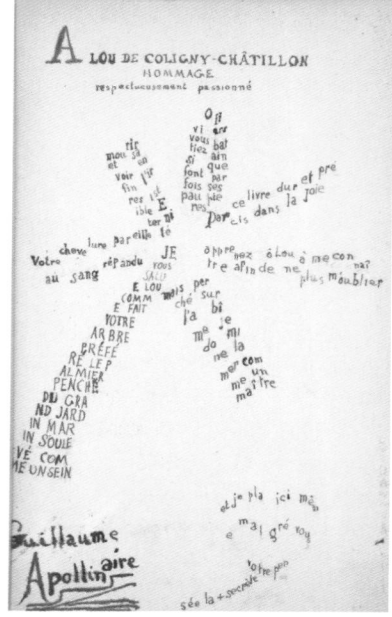

1. Que représentent les deux calligrammes ? Par quels moyens sont-ils dessinés ?
2. Donnez votre propre définition de ce qu'est un calligramme.
3. La pensée dont parle le second calligramme a un double sens : l'idée et la fleur. Quelle forme particulière prend la fleur dans ce calligramme ? Pourquoi selon vous ?

Peindre le rêve

Comme effort pour représenter le réel, l'art, et la peinture en particulier, a un rapport compliqué au rêve. Si certains peintres ont cherché dans l'exotisme, les paysages réels et parfois lointains, matière à faire rêver (Eugène Delacroix, Jean-Léon Gérôme) ; s'ils ont parfois représenté des personnages en train de rêver, ils ont plus rarement exploré l'image propre au rêve. Il faut attendre des surréalistes comme Dalí pour tenter l'expérience de donner à voir des images en apparence incohérentes et sans lien avec un réel que l'on puisse reconnaître.

Car le rêve a la particularité de ne pas être un récit simple et complet. Même le conte merveilleux ne correspond pas à ce qui se produit lorsque l'on rêve. Il n'est pas non plus une vision exacte et fidèle de la réalité. En peinture, le rêve est ainsi le plus souvent identifié à la poésie, c'est-à-dire à la force créatrice, à ce qui donne à voir un au-delà des choses. Le peintre choisit donc de jouer avec ses outils (les couleurs, les formes, la perspective) pour renvoyer à la rêverie. Le **Douanier Rousseau**, peintre dit «naïf» parce qu'il ne cherche pas à respecter les lois de l'optique et propose des visions surprenantes d'un univers exotique qui n'existe pas véritablement, ou **Odilon Redon**, qui réinterprète des épisodes mythologiques dans un chatoiement de couleurs qui leur donne toutes les apparences d'un songe, sont deux exemples de ce que le lecteur du *Petit Prince*, dans les années 1940-1950, peut connaître comme figurations poétiques du rêve.

Au verso de la couverture en fin d'ouvrage :

La Bohémienne endormie, 1897
HENRI ROUSSEAU, DIT LE DOUANIER ROUSSEAU (1844-1910).
HUILE SUR TOILE, MUSEUM OF MODERN ART, NEW YORK.
Photo © akg-images

1. Ce tableau vous plaît-il ? Pourquoi ? D'après vous, pouvait-il plaire à Saint-Exupéry ? Essayez de développer vos réponses, y compris en en parlant entre vous.

2. Observez la lumière. Qu'éclaire-t-elle ? D'où vient-elle ? Quel effet cela produit-il ?

3. Que pouvez-vous dire de la position de la femme ? Que fait-elle ? Que va-t-il, selon vous, se passer ensuite ?

4. Quelle attitude a le lion ? Que fait-il là ? Il est au centre du tableau. Quel effet cela produit-il ? Imaginons qu'il se mette à parler à la Bohémienne, que dirait-il ?

5. Pourquoi peut-on penser qu'il s'agit ici d'un rêve ?

Dans la même collection

12 fabliaux – N° 4

Achille, héros de la guerre de Troie – N° 45

La Genèse (extraits) – N° 19

La rencontre avec l'autre, 6 nouvelles contemporaines – N° 20

Dire l'amour en poésie – N° 21

Poèmes pour célébrer le monde – N° 31

Figures de Don Juan – N° 43

René Barjavel, *Ravage* – N° 28

Ray Bradbury, *6 Nouvelles* – N° 48

Chrétien de Troyes, *Yvain ou le Chevalier au Lion* – N° 23

Pierre Corneille, *Le Cid* – N° 7

Jean de La Fontaine, *Fables* (50 fables choisies) – N° 17

Jérôme Garcin, *Le Voyant* – N° 27

Romain Gary, *La Promesse de l'aube* (première partie) – N° 29

Jean Giono, *L'homme qui plantait des arbres* – N° 10

Nicolas Gogol, *Le Nez* – N° 47

Guillevic, *Euclidiennes* – N° 46

Ernest Hemingway, *Le vieil homme et la mer* – N° 5

Victor Hugo, *Claude Gueux* – N° 37

Victor Hugo, *Pauca Meæ* – N° 39

Eugène Ionesco, *Jacques ou la Soumission* – N° 41

Madame Leprince de Beaumont, *La Belle et la Bête* – N° 15

Jack London, *Faire un feu* – N° 26

Marivaux, *L'Île des esclaves* – N° 18

Guy de Maupassant, *Boule de suif* – N° 6

Guy de Maupassant, *Le Horla* – N° 16

Guy de Maupassant, Émile Zola, Marcel Aymé, *Le Papa de Simon et autres pères* – N° 44

Prosper Mérimée, *La Vénus d'Ille* – N° 33

Molière, *Les Fourberies de Scapin* – N° 1

Molière, *Trois courtes pièces* – N° 3

Molière, *L'Avare* – N° 11

Molière, *Le Médecin malgré lui* – N° 12

Molière, *Les Précieuses ridicules* – N° 32

Molière, *George Dandin* – N° 34

Molière, *Le Malade imaginaire* – N° 40

Ovide, *13 métamorphoses* – N° 49

Marco Polo, *Le Devisement du monde* (textes choisis) – N° 14

Jacques Prévert, *Paroles* – N° 9

Raymond Queneau, *Zazie dans le métro* – N° 25

Antoine de Saint-Exupéry, *Le Petit Prince* – N° 22

Jean-Paul Sartre, *Les Mouches* – N° 36

Comtesse de Ségur, *Histoire de Blondine* – N° 35

Larry Tremblay, *L'Orangeraie* – N° 42

Jules Vallès, *L'Enfant* – N° 2

Paul Verlaine, *Romances sans paroles* – N° 13

Jules Verne, *De la Terre à la Lune* – N° 38

Voltaire, *Candide ou l'Optimisme* – N° 8

Voltaire, *Traité sur la tolérance* – N° 24

Émile Zola, « J'accuse…! » – N° 30